Johanes

요하네스

FANTASY FRONTIER SPIRIT

요하네스 5

지천우 판타지 장편 소설

초판 1쇄 찍은 날 § 2007년 8월 10일
초판 1쇄 펴낸 날 § 2007년 8월 20일

지은이 § 지천우
펴낸이 § 서경석

편집장 § 문혜영
편집책임 § 최하나
편집 § 문정흠 · 김동화

펴낸곳 § 도서출판 청어람
등록번호 § 제1081-1-89호
등록일자 § 1999. 5. 31
어람번호 § 제1-0866호

주소 § 경기도 부천시 원미구 심곡1동 350-1 남성B/D 3F (우) 420-011
전화 § 032-656-4452 팩스 § 032-656-4453
http://www.chungeoram.com
E-mail § eoram99@chollian.net

ISBN 978-89-251-0837-7 04810
ISBN 978-89-251-0594-9 (세트)

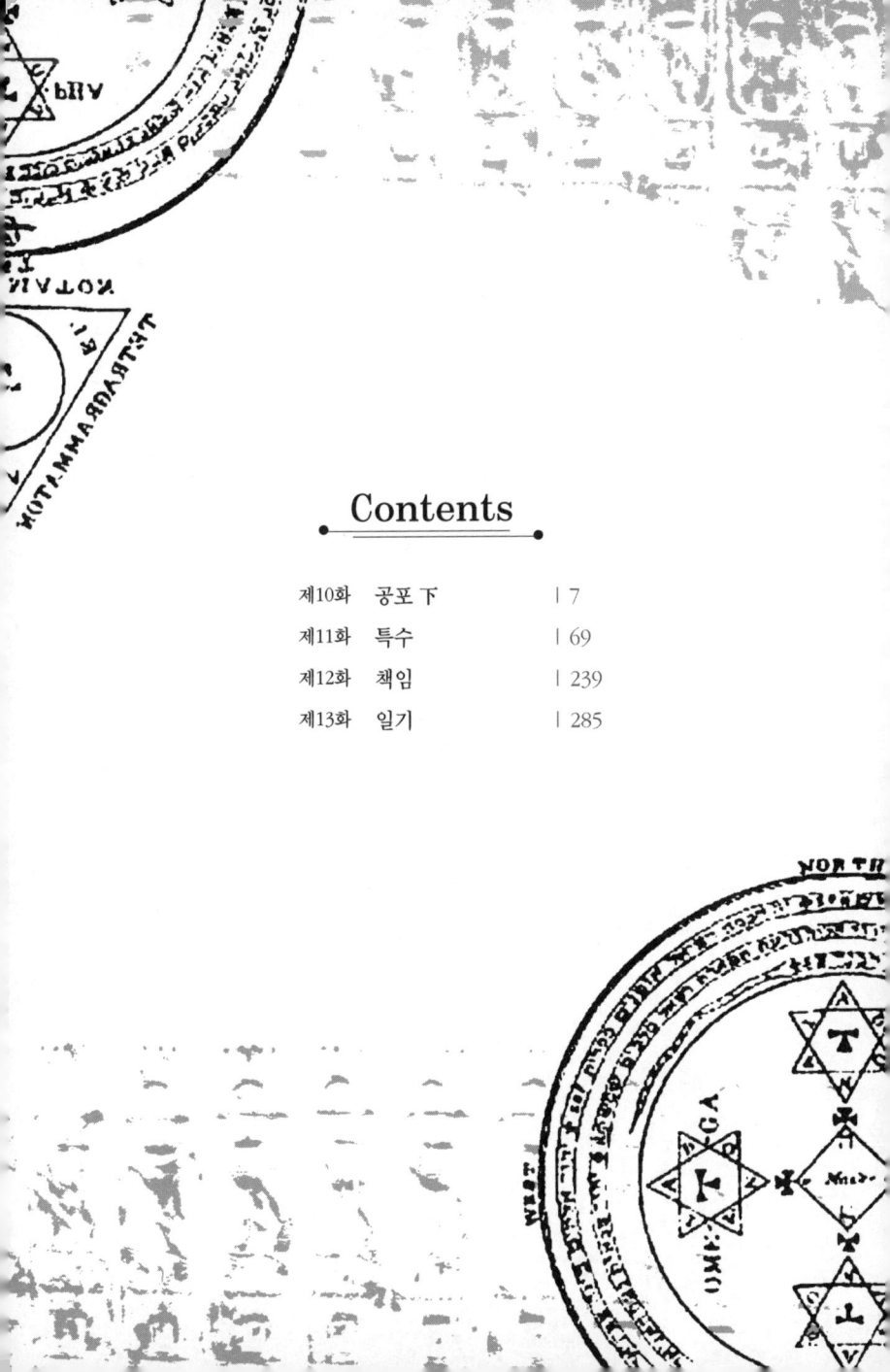

Contents

제10화
공포 下

7

눈을 뜰 수가 없었다.

어둠에 익숙해진 눈은 한참이 지나고 나서야 주변을 인지할 수 있었다.

"……."

나는 멀뚱멀뚱, 눈이 받아들이는 정보를 처리하는 데 어려움을 느꼈다.

태어나서 처음으로 보는 장면.

오랜 삶을 산 건 아니지만, 지금까지 봐왔던 기괴한 일들을 모두 합쳐도 지금 눈으로 보고 있는 것만큼의 괴리감을 만들어내진 못할 것이다.

　나와 환상얼굴이 들어온 곳은 큰 연구소였다. 아니, 발레키의 말에 따르면 마법사의 실험실이라고 했던가? 전설 속의 키메라, 그것들을 실험하는 장소라고 했다.

　"……."

　중앙에 이질적인 푸른빛을 내는 횃불에 의해 드러난 실험실, 사람 한 명이 들어갈 수 있는 투명한 원형 통, 그리고 그 속에는 물 혹은 그와 비슷한 성질의 액체로 가득 채워져 있었다.

　그것이 끝이라면 이렇게 호들갑을 떨지도 않았다.

　좌우로 쭉 놓여진 2~30개의 통 안에는 각각 다르게 생긴 '키메라'가 하나씩 떠(?) 있었다.

　통을 가득 채운 액체에 부력이 있는지 바닥에 발이 닿지 않고 모든 키메라가 붕 떠 있었다.

　꿀꺽.

　나는 침을 삼키며 어느 한 통에 다가갔다. 횃불이 밝기는 했지만, 통 안을 밝히진 못하기에 더 가까이 가서 속을 확인해야 했다.

　물론 온몸에서 다가가지 말라 경고를 했지만, 오히려 그럴수록 발은 앞으로 나아갔다.

　괴이하게 생긴 인간 형상의 키메라. 눈은 보통의 물고기처럼 양옆에 하나씩 달려 있었고, 이마의 정중앙엔 또 하나의 눈이 달려 있어 참으로 많은 각도로 볼 수 있을 것 같은 구조를 지녔다.

손은 개구리의 것처럼 손가락 마디마디가 이어져 있었고, 발바닥은 오리의 것과 닮아 뼈로만 이루어진 듯 딱딱해 보였다.

뿐만 아니라 등지느러미도 있어 이 키메라는 수중 생활에 적합하게 생겼음을 알 수 있었다. 자세히 살펴보면 피부가 살짝 초록빛을 띠는데, 작은 비늘 여러 개가 몸을 뒤덮어서였다.

그 옆에는 날개가 달린 키메라가 있었다. 온몸이 새의 깃털로 뒤덮여 있었고, 천사의 것과 비슷한 거대하고 새하얀 날개가 등에 돋아 있었다. 얇고 기다란 팔의 끝에는 날카로운 손톱들이 빛을 내고 있었다.

그 옆에도, 그 옆에도, 그그 옆에도 어디에서도 보도 못한 형상의 키메라들이 눈을 감은 채 액체 속에 떠 있었다.

'얼마나 오랫동안 있었던 것일까?

주위에 먼지가 하나도 없는 걸 보면 지금도 사용하는 게 아닐까 하는 의심이 들었다.

그때였다.

아우우!

늑대의 울음소리와 비슷한 소리가 들려왔다.

"악!"

깜짝 놀라 허둥대다가 엉덩방아를 찧었다.

이미 여러 차례 들어왔기에 새삼 놀랄 필요가 없었지만, 이번에는 이전의 것들과 조그마한 차이가 있었다. 바로 옆에서 들리듯 생생했던 것이다.

삭삭—

그뿐만 아니라 그 짐승이 쇠문을 박박 긁어대는 소리까지 들려왔다.

나는 마치 등골에서 거머리가 기어다니는 느낌을 받으며 뻣뻣한 목을 돌려 소리가 들려오는 쪽을 바라봤다.

꿀꺽.

"마리, 저 문은 뭐 하는 거지?"

푸른 횃불의 빛에 간신히 닿는 쇠문이 있었다. 삭삭, 하는 소리와 함께 거칠게 떨리는 문. 굉장히 지저분한 문을 바라보며 환상얼굴에게 물었다.

"……."

하지만 아무런 대답도 들리지 않았다.

불안한 느낌과 함께 황급히 주변을 살폈다. 분명히 지금까지 내 옆에 있었던 환상얼굴인데 지금은 그 어디에서도 볼 수가 없었다.

"마리!"

벌떡 일어나 그녀를 찾아보기 시작했다. 안 그래도 어두운 데다 음침함이 서려 있는 공간인데, 혼자 남겨졌다는 사실에 손끝부터 떨려오기 시작했다.

차마 횃불이 닿지 않는 연구실의 깊숙한 부분은 찾아보지 못하고 계속해서 그녀의 이름을 외쳤다. 나는 그렇게 힘들게 반경 10m를 돌아다니다 한 가지 새로운 사실을 발견할 수 있었다.

'문이 없어졌어!'

그렇다.

나와 마리가 들어왔던 문을 그 어디에서도 찾을 수가 없었다.

분명히 내 뒤편에 있던 문.

이제는 하나의 벽이 되어 있었다.

머릿속이 하얗게 비었다.

'갇혔다.'

그 생각밖에 할 수가 없었다.

입구가 사라졌음은 곧 출구 역시 사라졌음을 뜻했다.

주위를 자세히 살펴보지는 않았지만 이곳에 문이라는 문은 미확인 짐승이 삭삭, 하고 긁어대는 쇠문밖에 없었다.

나는 천천히 그 문을 향해 다가갔다.

내가 이곳에서 할 수 있는 일은 많지 않았다. 가만히 앉아서 기다린다고 해서 상황이 달라질 것 같지는 않았다. 분명 환상얼굴은 없었고, 이곳의 문은 저것 하나밖에 없었다.

문에 어느 정도 가까워졌을 때였다.

아우우우!

사사삭!

그 어느 때보다도 키메라의 울음소리는 컸고, 문은 심하게 떨렸다.

또 한 번 망설여졌다.

과연 내가 문을 열어야 하는 것인가?

하지만 문이라고는 여기 한곳밖에 없으니, 이곳에서 평생 갇혀 있을 생각이 아니라면 언젠가 문을 열어야 했다.

꿀꺽.

다시 한 번 침을 삼키며 천천히 문을 향해 다가갔다. 그리고는 눈을 지그시 감고 문에 손을 댔다. 이상하게도 더 이상 키메라의 울음소리나 문을 박박 긁는 소리가 들리지 않았다.

그렇다고 해서 긴장이 되지 않는 건 아니었다. 분명 저쪽에 키메라가 있는 건 사실이니까 말이다.

스르릉!

일단 검을 뽑아 들었다.

전설의 키메라라는 녀석도 일단 짐승의 몸을 합친, 그런 괴물이다. 그러니 제아무리 키메라라고 해도 칼 앞에서는 어쩔 수 없을 것이다.

'적어도 그렇게 생각해야겠지.'

"후우."

간담이 서늘하다.

눈을 지그시 감고 마음을 다스렸다. 검무를 출 때, 그때의 느낌을 떠올렸다.

그러자 어느 정도 떨림이 잦아들었다.

덜컹.

거칠게 문을 열었다.

휘익휘익!

키메라가 달려들까 봐 일단 검을 휘두르고 봤다. 얼마나 급했는지 나는 한참이 지나고 나서야 내가 여전히 눈을 감은 채 검을 휘두르고 있다는 사실을 깨달았다.

"……."

눈을 뜨고는 주위를 둘러보니 아무것도 없었다. 그러니까 칠흑 같은 암흑. 그 뒤의 파란 횃불이 닿는 부분까지는 희미하게 보였지만, 5m 앞은 말 그대로 검은 세계였다. 흰색과 완전한 반대의 색.

싸늘한 미풍이 불어오는 듯 온몸이 작게 떨렸다.

보통의 어둠이 아니었다. 단지 해가 져 빛의 부재에 의해 나타나는 밤과는 차이가 있는 암흑이었다. 끈적끈적한, 온몸을 옭아매는 어둠.

앞으로 나가야 할지, 아니면 그냥 이곳에서 안전히 있어야 할지 고민이 되었다.

'조금 더 오래 살고 싶은가' 라는 관점에서는 확실히 가만히 있는 게 나았다. 앞에 무엇이 나를 맞이할지는 아무도 몰랐다. 감히 추측을 하자면 그 키메라 녀석이 숨을 죽이고 있을 것이다. 하지만 조금 다르게 생각해 보면, 어느 정도 위험을 감수한다면 이곳에서 빠져나가는 길을 찾을 수 있을지도 모른다. 이것 역시 불가능하다고 단정 지을 수 없었다.

운이 좋아서 좋은 길로 빠지면 키메라와 맞닥뜨리지 않고도 빠져나갈 수 있을지 누가 알겠는가.

"……."

나는 이러지도 저러지도 못하고 엉거주춤 서 있었다. 적어도 한 시간가량을 그렇게 멍하니 서 있었나 보다.

아우우!

저 멀리, 하지만 그렇게 멀지 않은 곳에서 또다시 키메라의 울음소리가 들려왔다.

벽을 사이로 두고 있는 것이 아니기에 너무도 생생하게 들려 소름이 다 돋았다.

덕분에 나는 결정을 쉽게 내릴 수 있었다.

일단은 다시 들어왔던 문으로 돌아가려 했다. 그리고 분명 '그것'을 보지 않았다면 문을 닫고는 한참 동안 나오지 않을 것이다.

그때,

뒤를 돌았는데 갑자기 발끝에서 푸르스름한 빛이 보였다.

암흑에서 하나의 빛이 피어오른 것이다. 황급히 뒤를 보니 실험실의 것과 똑같은 푸른 횃불이 피어올랐다. 다만 실험실의 것보다는 훨씬 밝았다. 굉장히 멀었는 데도 여기까지에도 빛이 닿는 걸 보니 말이다.

"……."

나는 멍하니 그 횃불을 바라봤다.

이상하게도 눈이 부시지는 않았다. 하지만 밝았다. 그 독특한 빛에 시선을 빼앗긴 것은 아니었다. 그 빛에 의해 드러난 '것들' 때문이었다.

횃불 아래에 누군가가 매달려 있었다. 그 암흑 속에서도 천장이라는 게 있는지 천장에 이어진 밧줄에 온몸이 묶여 대롱대롱 매달려 있는 여인, 푸른빛을 받은 화려한 금발의 여인. 자세히 보이지는 않았지만 왠지 그녀를 알 것만 같은 느낌이 들었다.

"크리스!"

긴가민가 헷갈렸는데 여인의 일성에 감사하게도 확신을 할 수 있었다.

"화, 환상얼굴, 거기서 뭐 해!!"

하도 놀라 나만 알고 그녀는 모르는, 그녀의 별명을 내뱉어 버렸다. 안 보인다 싶던 환상얼굴이 족히 200m 거리의 허공에서 발버둥을 치고 있다니.

'차라리 보이지나 않았으면……'

나는 또 다른 고민을 해야 했다.

이제는 그녀를 구해줄 것인가, 아니면 못 본 척할까.

그녀가 묶였다는 것은, 분명 그렇게 한 '누군가' 가 존재한다는 말이다.

암흑 속에 키메라가 있다는 걸 알고는 있었지만, 그 키메라가 과연 그녀를 나도 모르게 조용히 납치한 데다 정교하게 그녀를 천장에다가 묶어놨을까?

'다른 형태의 키메라가 있는 것일까?'

순간 실험실의 어떤 묽은 액체 속에 둥둥 떠 있는 키메라들이 떠올랐다.

어떤 형태의 키메라가 있을지 상상조차 할 수가 없었다.

하지만 한 가지는 확실했다.

'저렇게 높은 데다 묶어놓은 걸 보면 덩치가 큰 것일까?'

고서에서나 찾아볼 수 있는 자이언트와 닮은 키메라를 볼 수 있을지도 모른다는 사실에 왠지 모르게 흥분이… 될 리는 없고 머리에서부터 발끝까지의 모든 털이 쭈뼛 섰다.

"크리스!"

환상얼굴의 다급한 외침이 또 한 번 들려왔다. 마음 같아서는 당장에 달려가 멋지게 그녀를 구해내고 싶었지만, 발길이 떼어지지 않았다.

'그렇다고 도망갈 수도 없고.'

그녀만을 버리고 실험실로 돌아갈 수도 없었다. 뿐만 아니라 실험실에서도 갈 곳이 없으니 그녀의 외침은 계속해서 들릴 것이고, 나는 그녀를 외면했다는 사실에 괴로워할 게 분명했다.

"젠장!"

저절로 거친 말이 입 밖으로 튀어나왔다.

입술을 깨물었다.

발레키와 뻣뻣대마왕이 원망스러웠다. 그리고 갑자기 납치되어 사라진 다른 학생들도.

결국 나는 한 걸음 한 걸음 환상얼굴을 향해 다가가기 시작했다.

눈에 보이는 거리이지만 그렇다고 해서 결코 가깝지는 않았다. 아니, 따지고 보면 뛰어서 금세 도착할 거리이지만 감히 뛰어갈 자신이 없었다. 횃불로 인해 어느 정도 어둠이 밝혀졌으나 그렇다고 해서 대낮처럼 주위가 환하게 밝혀진 건 아니었다.

환상얼굴의 주위는 확실히 잘 보였지만, 그 외에는 옅은 푸른색의 빛이 살짝 닿아 있을 뿐이었다.

거기에서 무엇이 튀어나올지 감히 예측도 못한다는 말이다.

게다 그 늑대 울음소리의 키메라 녀석이 이곳에 있는 게 확실하니, 늑대처럼 크르렁거리며 갑자기 달려들면 막아낼 자신이 없었다.

뚜벅.

하지만 앞으로 나아갈 수밖에 없었다.

그때 또 다른 의문이 하나 생긴다.

'만약 도망가는 길이 있었다면?'

이곳을 통하지 않고, 그러니까 아까 실험실에 들어왔던 길이 갑자기 사라지지 않았다고 해보자. 그러니까 환상얼굴을 그냥 버려두고 도망칠 수 있는 상황이다. 그렇다면 과연 나는 이렇게 그녀를 구하기 위해서 목숨을 걸 수 있을까?

"······."

감히 어떤 결론을 내릴 수가 없었다.

어쩌면 교수를 찾아온다고 그녀를 여기에 버려두고 황급

히 도망칠 수도 있을 것이다. 어떻게 보면 굉장히 좋은 방법이라 볼 수 있었지만, 따지고 보면 내가 겁쟁이라서 그렇게 선택하는 것뿐이다.

고개를 가로저었다.

내가 어떤 사람이든 지금은 환상얼굴을 구하러 가고 있다. 그것도 목숨을 걸고! 비록 다른 선택권이 없지만, 결과가 중요한 게 아닌가.

다시 천천히 환상얼굴을 향해 다가갔다.

조금씩 거리가 좁아지고 있었다. 검으로 사방팔방을 경계하며 나아갔다.

한 스무 걸음 정도를 걸었을 때였을까?

끼이익.

등 뒤, 실험실에서 이상한 소리가 들려왔다.

천천히, 아주 천천히 뒤를 돌아봤다.

"……!"

실험실 너머로 문이 열려 있었다. 그러니까 분명 처음에는 있었고, 그다음에 확인했을 때는 사라졌던 바로 그 출입구!

그것이 갑자기 나타나 저절로 열렸다.

"……."

내가 문이 있었다면 어떤 선택을 했을까 고민을 하니 바로 문이 생겼다.

'환상얼굴이 저절로 밧줄이 풀어져 여기로 도망쳐 온다는 생각을 하면 그것도 이루어질까?'

간절히 원하면 이루어진다는 말이 있듯, 그것이 이루어지지 않을까 생각해 봤지만 이상하게도 그 부분에서는 먹히지 않았다.

"크리스!"

환상얼굴이 애타게 나를 부른다. 그녀가 나를 바라보고 있는 게 느껴진다. 사파이어와도 같은 그녀의 푸른 눈이 보이지는 않았지만, 내게 어떤 행동을 요구하는지 알 수 있었다.

나는 멍하니 실험실의 문을 바라봤다.

저기로 나가면, 저기로 나가면 이 키메라의 위협은 받지 않아도 된다. 이 기분 더러운 암흑 속에서 벗어날 수 있고, 더 이상 생명의 위협을 받지 않아도 된다.

나는 다시 환상얼굴을 돌아봤다.

만약 내가 저런 상황이었다면?

얼마나 두렵고 무서울까.

그것을 생각하면 재빨리 달려가 그녀를 구해주고 싶었다. 하지만 어떻게 생각해 보면 과연 그녀는 묶여 있는 나를 도와주었을까 고민되었다.

'그래도 4단계 학생이니 나보다는 자신감을 가지고 있겠지?'

그중에서도 굉장히 뛰어난 검사인 그녀라면 나를 쉽게 구했을 것이다.

나는 다시 입술을 깨물고는 천천히 그녀를 향해 걸어갔다. 속으로는 '젠장, 젠장, 젠장!' 을 외치고 있었지만, 비겁한 놈이 될 수는 없었다.

내가 바로 크리스티안 줄리어스 아신이다. 최고의 검술 가문의 크리스티안!

'그게 밥 먹여주나' 라는 생각을 하면서도 환상얼굴과의 거리를 점점 좁혔다.

이상하게도 어둠의 더 깊은 곳으로 들어가면 들어갈수록 되돌아가고 싶다는 생각이 커져만 갔다.

의심도 들기 시작했다.

그것을 애써 이겨내면서 절반 정도 왔을 때였다. 꽤나 큰 의심이 뇌리를 강타했다.

'4단계의 학생을 감쪽같이 납치해서 저렇게 묶어놔? 그럼 도대체 얼마나 센 키메라라는 거야!!'

지금까지 잠시 잊고 있었다.

나도 환상얼굴을 납치할 자신이 없다. 아니, 엄연히 따지면 못할 것이다. 그런데 그녀가 소리 한 번 지르지 못할 정도로 빠르고 신속하게 납치했다? 그것도 내가 바로 옆에 있었는데?

"……."

무형의 키메라가 순식간에 나를 토막토막 내는 상상을 했다.

'역시 돌아가는 게 나을까.'

사실 그런 키메라를 상대로 내가 어떻게 할 수 있을 리가 없었다. 조금만 머리가 있는 사람이라면 당장에 이곳에서 벗어나 도움을 구하러 뛰쳐나갈 것이다.

이곳에 환상얼굴을 오래 놔두면 어떤 일이 벌어질지는 분명 아무도 모른다.

너무 늦게 돌아와 그녀가 이미 죽었을 수도 있다.

하지만 어차피 내가 이곳에서 그녀를 구하려고 해봐도 나도 죽고, 그녀도 죽을 뿐이다.

그렇다면 나라도 목숨을 구하는 게 낫지 않을까?

2명보다는 1명이 낫잖아?

그리고 운이 좋으면 내가 발레키를 찾아서 적절한 시간에 돌아와 그녀를 구할 수도 있는 거고!!

'그래!'

이마를 탁! 치며 왜 그런 생각을 못했을까, 라는 생각이 들었다.

나는 다시 실험실을 향해 걸어갔다.

"크리스!"

환상얼굴이 애타게 불렀지만, 나는 애써 그녀를 무시하고는 걸어갔다. 이유를 설명해 줄 수도 있었지만, 아무리 잘 설명을 해도 무서워서 도망가는 것이라는 느낌을 줄 수밖에 없을 것 같았다.

일단 빨리 벗어나고 싶었다.

그 중압감에 뛰어나가려던 찰나였다.

크르릉!

컹컹!

등 뒤에서 키메라의 짖는 소리가 들려왔다. 아니나 다를까, 늑대 혹은 개 형태의 키메라가 시퍼런 눈을 뜨고는 환상얼굴을 향해 짖고 있었다.

크르르!

높이 뛰어올라 환상얼굴을 물려고 하는 3마리의 키메라.

환상얼굴이 꽤 높은 곳에 묶여 있는 게 다행이었다. 그녀는 발을 들어 용케 키메라의 흉측한 이빨 세례를 피할 수가 있었다.

아슬아슬하지만 그녀가 계속 저런 식으로 잘 피해내면 어느 정도 시간을 벌 수 있지 않을까?

키메라를 보고는 무서워 빨리 도망가고 싶어서가 아니라,

어떻게든 도움을 구하려고 뛰어나가려고 할 때,

"꺄악!"

물렸는지 혹은 이가 스쳤는지는 몰라도 환상얼굴의 종아리에서 피가 흐르고 있었다. 조금 먼 거리라 확실하지는 않았지만 살점이 떨어진 것 같았다.

"젠장!"

저절로 욕이 나왔다.

나는 결국 환상얼굴을 향해 전력 질주했다.

빌어먹을 키메라 놈들!

죽을지도 모른다.

하지만 나는 그녀를 구하기로 마음먹었다.

잠시 동안 고민을 많이 했다. 하지만 이게 옳은 일이라는 확신이 들었다.

"빌어먹을, 죽든지 말든지. 또 환상얼굴 물면 돼져, 이 개자식들아!"

뛰어가면서 드는 의문.

…저놈들한테는 개자식이 욕이 아니겠네?

8

참으로 이상한 일이다.

내가 가까이 다가가자 키메라들이 흩어졌다. 그러니까 다시 말해 어디로 갔는지도 모르게 사라졌다.

혹시나 갑자기 달려들까 봐 무려 20여 분 동안 경계를 했지만, 낌새도 느끼지 못했다.

"고마워."

환상얼굴은 사파이어의 눈에서 눈물을 흘리며 내 품에 안겼다.

나는 그녀의 아름다운 금발을 매만지며 다독였다.

바짝 껴안으니 어째 정신이 몽롱하다.

'진즉에 도와줄걸.'

그녀는 한참 동안 눈물을 뿌렸다. 그 모습을 보면서 내가 주저했다는 사실이 부끄러워졌다. 이렇게 쉽게 풀릴 줄 알았다면……

아니, 그런 치졸한 이유 때문이 아닌 기사도 정신을 살려 위험에 처한 레이디를 돕는 게 당연한 점에서 내가 주저했다는 게 부끄러웠다.

환상얼굴은 고맙게도 그 부분에 대해서는 아무런 말도 하지 않았다.

다만 연신 '고마워, 정말 고마워'라고 진심으로 감사한 마음을 표현할 뿐이었다.

"괜찮아, 이젠 다 갔잖아. 얼른 여기서 나가자."

나는 그녀를 부축했다.

피가 흥건해 상처가 잘 보이지는 않았지만, 그녀는 걸을 수조차 없는 상태 같았다. 실제로도 잘 걷지 못했다. 그녀의 한 팔을 어깨에 두르고는 천천히, 천천히 이 기분 나쁜 어둠에서 벗어나기 시작했다.

어느 정도를 갔을까, 그녀가 갑자기 멈췄다. 더 이상 걷지를 않는 것이다.

이상하게 생각해 그녀를 바라봤다.

가까이에서 보니 그녀의 얼굴이 더욱 아름답다. 고운 이마에 보석처럼 반짝이는 눈, 연분홍빛의 입술은 가슴을 설레게 한다.

아까와는 조금 다른 이유에서 침을 꿀꺽 삼켰다.

환상얼굴은 나를 뚫어져라 쳐다보고 있었다.

그녀의 눈빛.

나는 느낄 수 있었다. 바로 그 순간이었다. 키스를 하기 일보 직전!

상대가 키스를 원한다는 사실은 그 눈빛만으로도 알 수 있는 것이다.

나는 자연스럽게 눈을 감았다.

그리고 입술을 내밀었다.

이제 곧 나는 천국을 맛볼 것이다. 요하네스에서, 아니, 어

쩌면 세상에서 가장 아름다운 미모를 가진 환상얼굴과의 키
스.

"으흐흐."

저절로 음흉한 웃음이 흘러나왔다.

하지만 이내 나는 이상한 기운을 감지할 수 있었다.

그녀의 부드러운 입술이 느껴지지 않는 것이다.

대신 그녀의 감미로운 목소리가 귓가를 간질였다.

"크리스, 저기 봐봐."

나는 번쩍, 눈을 뜨고는 그녀가 가리키는 실험실 쪽을 봤
다.

"헉!"

실험실의 액체 속에 갇혀 있는 실험용 키메라들, 그들이 갑
자기 꿈틀거리기 시작한 것이다. 통 속에서 벗어나려는 발버
둥 같았다.

공포, 그 자체였다.

분명 죽은 듯, 아니, 생명이 없는 듯 조금도 움직이지 않던
놈들이었다.

살아 있다고는 조금도 생각지 못했다.

하지만 움직이고 있었다.

그나마 다행인 건 그들이 각자의 용기(?)에서 벗어나지 못
하고 있다는 사실.

"환상얼굴, 빨리 도망가자!"

그들이 그 튼튼해 보이는 용기에서 탈출할 거라는 생각은 하지 않았지만, 역시 이곳은 상식이 통하는 곳이 아니었다.

일단 도망치고 보는 것이다.

나와 환상얼굴은 호흡을 맞춰 점점 실험실을 향해 다가갔다. 이곳을 나가는 문은 오로지 그 끝에 있을 뿐이었다.

움직이는 키메라들을 통과해야 한다는 사실이 꺼림칙했지만, 그래도 그들은 바깥으로 나오지 못한다.

우리는 점점 더 실험실에 가까워졌다.

그리고 그 속에서 더욱 격렬하게 발버둥치는 키메라들.

똥줄이 탄다는 표현은 지금 쓰는 게 맞을 듯했다.

환상얼굴이 제 상태였으면 벌써 도망치고도 남았는데, 점점 흘러넘치는 피를 보니 여간 고통스러운 게 아닌지 조금 뛰었을 뿐인 데도 헥헥거리면서 죽을 꼴을 하고 있었다.

아니, 실제로 하얗다 못해 창백하게 질려 시체의 얼굴을 하고 있는 환상얼굴을 보니 언제 과다출혈로 죽을지 몰랐다.

빨리 그녀를 병동에 데려가야 했다.

"아나!"

뻣뻣대마왕과 그렇게 단련을 열심히 했는 데도 숨이 차 죽겠다.

생각보다 환상얼굴은 무거웠다. 그러니까 그녀가 힘을 줘서 내 어깨를 짓누르는 것처럼 무겁게 느껴졌다.

뿐만 아니라 긴장해서인지 체력이 더욱 빠르게 고갈되는 느낌.

"끙차!"

그래도 이를 악물고 그녀를 이끌고 점점 실험실로 나아가 거의 도착했을 무렵이었다.

사사삭—

"……."

용기 속의 키메라가 더욱 심하게 발버둥 치고 있었다. 튼튼해 보이는 용기의 벽을 박박 긁어댈 정도로 말이다. 그 정도로 용기가 깨어질 것 같지는 않았지만 조금씩 금이 가는 모습을 보니 마음이 급해졌다.

"마리, 조금만 힘내."

죽을상을 한 그녀를 이끌고 조금 더 속도를 높였다.

실험실에 들어섰을 때는 키메라들의 발버둥이 심해졌고, 용기의 유리가 조금씩 더 갈라지고 있었다. 자세히 보니까 용기 속의 액체도 새어 나오기 시작했다.

'미치겠네.'

이마가 땀에 흥건하고, 사실 움직일 힘도 없었다. 그런 상태에 짐도 있었으니.

쩌저적.

"……."

실험실의 한중간.

푸른 횃불의 아래를 지나갈 때였다.

츠르르—

액체가 한꺼번에 쏟아지는 소리.

등골이 서늘해짐과 동시에 온몸이 뻣뻣하게 굳었다. 하지만 감히 뒤를 돌아볼 수가 없었다.

키키킥.

츠츠츠—

귓가를 간질이는 기괴한 소리들. 뒤를 돌아보지는 않았지만 어떤 장면들이 보여지고 있는지 감히 추측할 수 있었다.

확신할 수도 있었다.

뚜벅, 뚜벅.

누군가가 다가오는 소리.

뚜벅뚜벅, 뚜벅뚜벅.

누군가 '들' 이 다가오는 소리.

황급히 돌아 그들을 바라봤다.

"헉!"

아니나 다를까, 키메라들.

녀석들이 다가오기 시작했다. 새처럼 생긴 키메라도 있었고, 물고기같이 생긴 키메라도 다가오기 시작했다.

점점 가까이 다가오는 그들을 향해 나는 검을 겨눴다. 지금은 무려 셋이나 되는 키메라가 뒤에서 다가오기 시작했다. 일단은 환상얼굴을 바닥에 내려놓았다.

힘없이 엎어진 환상얼굴.

그리고 다가오는 세 마리의 키메라.

손이 떨려 검을 제대로 잡을 수가 없었다.

'집중하자, 집중!'

집중하려 했지만, 오히려 시간이 지날수록 정신이 산만해지고 있었다.

뒤에 문이 있었다.

이대로 환상얼굴을 버려두고 도망치는 건 가능할 것 같다. 아직 키메라들이 제 힘을 발휘하지 못하고 있는지 어기적어기적 천천히 걸어오고 있었다. 전력 질주를 하면 도망 못 갈 것도 없었다.

하지만 역시나 환상얼굴을 데리고 도망을 간다는 건 불가능했다.

"빌어먹을, 빌어먹을!"

발레키가 이런 상황에서 딱 튀어나와 주면 얼마나 좋은가. 필요할 때는 정말 어디에서도 찾아볼 수 없는 발레키. 괜히 그가 미워졌다.

　그때였다.

　쩌저저적—

　또다시 어떤 소리가 들려온다. 혹시나 발레키가 튀어나오는 소리가 아닌가 기대를 했지만, 안타깝게도 상황은 악화되어 더욱 많은 키메라들이 용기를 뚫고 나오고 있었다.

　곰같이 덩치가 큰 키메라, 표범처럼 날쌔 보이는 키메라 등 그 종류도 가지각색이었다.

　키키키.

　크르르.

　어느새 십여 마리의 키메라가 다가오고 있었다. 그들이 한 걸음씩 다가올수록 나는 자연스럽게 뒤로 한 발자국씩 물러났다.

　"……."

　이젠 더 이상 물러설 수 없었다.

　'난 이렇게 겁쟁이가 아니야.'

　여기서 그녀를 버리고 갈 수는 없다. 그 어떤 이유도 있을 수가 없었다.

　모두가 비겁한 변명일 뿐이었다.

"젠장. 덤벼라, 이 혼합물들아!"

자신감을 가지자 조금 힘이 났다.

자세히 보니 내 검에서 하얀빛이 일렁이기 시작했다. 생체에너지에 반응하는 나의 은백의 검. 그 따스한 기운이 온몸을 감쌌다.

타다닥!

빠르게 달려가 환상얼굴 주위의 키메라들을 쫓았다. 푸르스름한 동굴에서 새하얗게 일렁거리는 검에 겁을 먹었는지 키메라들이 조금씩 물러섰다.

십여 마리의 키메라에게 둘러싸였지만 더 이상 두렵지 않았다.

무엇인가를 지킨다는 느낌.

그 결과가 어떻든 상관없다는 생각이 들었다. 떳떳하게 행동하면 그 어떤 상황을 맞이해도 물러설 필요가 없지 않을까?

죽든 말든, 지는 사람은 저들이다.

입가에 미소가 그려졌다.

"얼른 덤비라고!"

우물쭈물하는 키메라들을 보며 소리쳤다.

그때,

바로 그때 뒷골이 땡겨왔다. 누군가가 뒤에서 기습을 하여 나를 내려쳤다.

의식의 끈이 끊어지는 건 순간이었다.

'안 되는데⋯⋯.'

스르르, 온몸의 힘이 풀어진다.

털썩.

이제⋯ 죽었군.

9

온몸을 소금물에 적신 채 몇 시간을 방치해 놓은 그런 느낌.

"으윽."

나는 그런 느낌에 고개조차 제대로 들 수가 없었다.

부은 두 눈을 뜨며 주위를 둘러봤다.

작은 방이었다. 머리 위에 평범한 횃불 하나와 바로 앞에 탁자가 하나 놓여져 있을 뿐 별 볼일 없는 평범한 방이었다.

"크윽."

자리에서 일어나려 했지만 여의치 않았다. 몸이 무거운 건 물론, 무엇인가가 몸을 옭아매고 있었다.

뿌연 시야가 조금 익숙해질 무렵, 나는 의자에 앉혀진 채 밧줄에 묶여져 있다는 사실을 알아챘다. 얼마나 세게 묶었는지 살갗이 빨갛다.

"휴우."

어째서인지 안도의 한숨이 흘러나왔다.

그래도 죽지는 않은 모양이다. 누구인지는 몰라도 나를 이곳에 끌고 온 사람은 내게 바라는 게 있다. 그것을 들어주면 나를 놔주지 않을까? 아니, 내가 크리스티안 줄리어스 아신이라는 걸 알면 굽신굽신, 깍듯이 인사를 올리고는 날 풀어주지 않을까?

물론 그렇게 이상적인 시나리오대로 상황이 흐르지 않아도 왠지 일단 주위에 키메라들이 없는 것만으로도 다행이었다.

'그나저나 환상얼굴은?'

주위에는 나밖에 없었다.

가슴이 철렁했다.

분명 환상얼굴은 굉장히 위태위태한 상태였다. 적절한 치료를 받지 않았다면 죽었을지도 모른다. 과연 나를 이렇게 납치해 온 사람은 그녀를 치료할 만큼 관대했을까? 아니, 제대로 치료를 할 수나 있을까?

많은 생각으로 머리가 복잡했다.

덜컥.

갑자기 누군가가 문을 거칠게 열고 들어왔다.

이상하게도 그 사람 쪽으로는 횃불의 빛이 닿지 않았다.

자세히 살펴보니 천장에 판자가 고정되어 있어 모든 빛이 내 쪽으로 향하게 되어 있었다.

"넌 누구지?"

키가 상당히 큰 인영에게 물었다.

"……."

인영은 아무 말도 하지 않았다. 다만 답답하게 나를 가만히 내려다보고 있었다. 적어도 그렇게 추정되었다.

"말을 못하냐?"

"……."

여전히 아무 말도 없었다.

인영에게는 독특한 기운이 있었다. 그의 눈빛을 볼 수 있는 것도 아니고, 표정도 읽을 수가 없었다. 그런데 숨 막히는 무엇인가를 발산하고 있었다.

이런 기도를 가진 사람은 흔치 않았다.

어쩌면 생각보다 대단한 사람에게 붙잡혔을지도 모른다는 생각이 들었다.

"원래 이렇게 말이 많은가?"

마치 빙산 주위에서 물을 떠와 내 온몸에 끼얹은 듯 싸늘한 어조였다.

그제야 제정신이 들었다. 어째서인지 긴장을 하고 있지 않았는데, 감정이 드러나지 않는 그의 말을 듣고 나서야 내 상황을 상기할 수 있었다.

난 죽을 수도 있다.

그것을 관장하고 있는 것이 바로 눈앞의 인영이었다.

등골이 서늘해진다.

"묻는 말에만 대답한다."

대꾸도 할 수 없을 정도로 엄청난 기세다. 감히 거스른다는 생각을 할 수도 없었다.

"이곳에는 무엇 때문에 왔지?"

한편으로는 어디선가 들어본 목소리가 아닌가 싶었지만, 그런 것을 생각할 겨를조차 없었다.

"수색."

"……."

대답을 했지만 인영은 그 어떤 대꾸도 하지 않았다. 무엇인가를 기다리는 듯했다.

나는 이내 그가 무엇을 기다리는지 알 수 있었다. 설명을 덧붙이라는 무언의 압박을 하고 있었던 것이다. 정말 숨 막히는 정적.

"누군가가 납치되어서 수색이 시작되었어!"

그에게 반항을 하듯 외쳤다.

인영은 그런 부분에 대해서는 문제를 삼지 않는지 다른 질문을 던졌다.

"살고 싶은가?"

"······."

잠시 말문이 막혔다.

어째 조금은 뜬금없으면서도 굉장히 중요한 질문이었다.

"당연하지!"

인영은 무엇인가를 생각하는지 잠시 아무 말이 없었다.

"그렇다면 풀어주겠다."

"······."

이번에는 조금 다른 이유에서 말문이 막혔다.

내가 원한다고 해서 풀어준다?

이건 너무 쉬웠다.

"그럼 풀어줘!"

조금은 의심을 하면서도 그가 정말 풀어줄지도 모른다는 생각을 했다.

아니나 다를까, 사내는 단검을 꺼내어 밧줄을 끊기 시작했다.

처음은 발 부근부터, 그리고 천천히 위로 올라오면서 점점 몸이 자유로워지기 시작했다.

'이렇게 쉽게 풀어줄 거면 왜 데려왔어?'

나름대로 불만을 품었지만 뭐, 내가 뭐라고 할 처지가 아니었다.

그는 나를 다 풀어주고 나서 친절하게도 내 검을 찾아주었다. 그리고는 옷매무새까지 정돈해 주는 정성까지 보였다.

'흐음.'

뭔가 수상한 것은 물론, 무엇인가를 잊어버렸다는 느낌을 떨쳐 낼 수가 없었다.

이대로 가면 되는 건가?

조금은 인영과 가까워졌다.

자세히 살펴보니 흑색의 가면을 쓰고 있었다. 이상하게도 그의 눈동자는 횃불의 빛에 의해서도 드러나지 않아 그에 대해서 그 어떤 것도 읽을 수가 없었다.

"자, 가라. 여기 지도가 있다. 이 길을 따라 가면 네가 왔던 길로 다시 돌아갈 수 있을 것이다."

그에게 거의 떠밀리다시피 하여 작은 방을 나서는 중에도 뭔가 이상하다는 느낌을 지울 수가 없었다.

하지만 이내 나는 그것이 무엇 때문인지 알게 되었다.

"꺄아아!"

누군가의 비명.

사실 여자의 비명은 다 거기에서 거기다. 잘 분간할 수가 없다. 그리고 지금 들리는 여자의 비명이 '그녀'의 것이라 확신할 수는 없었지만, 그래도 내가 잊은 게 무엇인지를 떠올릴 수 있게 해주었다.

"환상얼굴! 야! 마리, 어디 있어!"

나는 거대한 바위와도 같은 사내에게 따지듯이 물었다. 흑색의 가면 속에 숨은 얼굴 표정에 어떤 감정을 느끼고 있는지 읽지 못했지만, 어째 무거워지는 분위기가 그가 얼마나 기분 나빠하는지 알 수 있을 듯했다.

"살고 싶은가?"

큰 목소리는 아니었다.

하지만 그 말과 동시에 나는 스산한 바람이 스쳐 가는 음산한 기운을 느꼈다.

살기.

그는 살기를 피어올리고 있었다.

만약 몸에서 뿜어져 나오는 기운만으로도 사람을 죽일 수 있는 사람이 있다면, 그건 바로 지금 눈앞의 사내임을 확신했다.

'그러고 보니 그런 사람이 한 명 더 있지.'

지금 왜 '그' 가 떠오르지는 모르지만, 어찌 되었든 놈의 물음이 무엇을 뜻하는지 알 수 있었다.

"그러니까 마리를 잊어버리라는 거냐?"

"……."

가면의 사내는 아무 말도 하지 않았다.

다만, 보이지도 않는 눈빛으로 나를 주시하고 있을 뿐이었다.

"도대체 그녀를 어떻게 할 건데?"

"……."

여전히 대답하지 않는다.

하지만 사실 변태키메라마법사가 무엇을 할지는 뻔할 뻔 자다.

키메라.

키메라의 재료로 사용되겠지.

거기에까지 생각이 미치자 저절로 고개가 끄덕여졌다.

"하긴, 좀 예쁜 키메라도 필요하지 않겠냐? 다 더럽게 못생 겼던데."

"……."

이번에도 아무 말도 하지 않는다. 하지만 그게 무반응은 아 니었다. 살짝 몸이 떨린 게, 어느 정도 동요를 일으키고 있는 게 확실했다.

'사람은 사람인가 보군.'

"……."

난 이상하게도 긴장이 되지 않는다는 걸 깨달았다. 분명 눈 앞의 사내는 무서운 사내다. 그리고 내 상황은 굉장히 절망할 수 있는, 그런 사태 중 하나다. 그런데 이상하게도 침착하다.

왜?

눈을 얇게 뜨고는 가면의 사내를 노려봤다. 어딘가 친숙하다는 느낌을 지울 수가 없었다.

그때 또 한 번 얼음장처럼 차가운 사내의 목소리가 귓가를 찔렀다.

"살고 싶다면 이제 가라."

얼굴이 굳어졌다.

또.

또다시 이런 상황을 맞이하게 되었다. 환상얼굴을 버리면 나는 살 수 있다.

도대체 왜 이런 상황이 오늘따라 왜 이렇게 많이 만들어지는 걸까.

우물쭈물하고 있는데,

"꺄아아!"

소름 끼치는 비명이 또다시 귀를 강타했다. 듣고만 있어도 그녀가 얼마나 괴로워하고 있는지 느낄 수 있었다. 비명 소리뿐만이 아니었다.

끄으으.

무엇인가가 긁히는 소리일까, 아니면? 무엇인가 독특한 소리가 들렸다. 물론 똑같이 소름 끼치고 불쾌해지는 그런 소리.

"꺄아아!"

다시 이어지는 그녀의 비명 소리.

나는 다시 가면의 사내를 노려봤다.

놈은 '어떻게 할 거냐?'라는 눈빛으로 팔짱을 낀 채 가만히 날 지켜보고 있었다.

흥미로운 대상을 관찰하는, 그러니까 실험 재료로 관찰당하는 느낌이었다.

'지친다, 지쳐.'

어째서 오늘 이런 일들이 내게 벌어지는 걸까.

누가 나를 시험하려 드는 것일까?

"마리는 어디 있지?"

그런 이야기가 있다. 도와줄 거라면 끝까지 그 사람이 원하는 걸 이룰 수 있을 때까지 도와줘야 한다. 겨우 한 번 도와주고 또 도와주지 않으면, 애초 처음 도와준 그것도 별 가치를 발하지 못한다.

마리를 구해내야 한다.

과정이야 얼마나 고단한지는 중요하지 않다. 구해냈느냐, 아니면 구해내지 못했느냐.

결국에는 결과가 중요하다.

"그게 네 선택인가."

"…죽일 거냐?"

위기감이 없다.

왜일까.

계속해서 똑같은 질문이 뇌리를 맴돈다. 어쩌면 내가 죽음의 기운을 맡고 미쳐 버린 것일 가능성이 상당히 높았다.

스르릉—

그때 갑자기 놈이 새까만 검을 뽑아 들었다. 횃불 속에서도 잘 보이지 않았다. 어둠, 빛마저 삼키는 어둠의 검이었다.

보이지는 않지만 목에 닿는 차가운 감촉. 그의 검이 목젖에 닿았다.

"저, 정말 죽일 거냐!"

위기감이 느껴졌다.

정말 죽일 것 같다.

검을 뽑고, 그렇지 않고의 차이가 이렇게 클지 누가 알았겠는가.

"……."

그러다 문득 떠오르는 게 있었다.

가면의 사내가 들고 있는 검.

"이 검!"

뭐라고 더 말하기도 전이었다.

사내는 재빨리 움직여 나를 향해 검을 휘둘렀다. 그 검은 정확하게 내 뒷목을 때렸다. 어째 아까와 똑같은 고통과 함께 온몸의 힘이 스르르 빠져나간다.

날이 아닌 면으로 때렸나 보다.

그 검…….

뻣뻣대마왕의 것이잖아!

10

바이올린과 첼로의 합주로 아름다운 음악이 울려 퍼지고 있었다.

평민들에게는 너무도 과분하다고 여겨질 정도로 아름다운 음악.

다름 아닌 뻣뻣대마왕의 바이올린, 그리고 발레키의 첼로가 음악으로 어우러진 감미로운 선율이 중앙 홀에 흘렀다.

무도회.

한 단계가 끝났음을 알리는 축제였다.

어느새 2년이 지나 무도회가 열렸다.

며칠 전부터 남녀 할 것 없이 한 사람이 이성에게 같이 무도회에 참석하자고 약속을 하고는 정장을 차려 입은 채 열심히 춤을 춘다.

꼭 춤을 추지 않아도 저녁을 먹으면서 대화를 나누기도 하고 그냥 따로 노는 사람들도 있었지만, 꽤나 많은 수가 춤을 추었다.

나는 계단 위에서 멍하니 뻣뻣대마왕과 발레키를 노려봤다.

아직도 그들이 내게 했던 일을 잊을 수가 없었다.

납치 사건.

나는 그날 삣삣대마왕, 발레키와의 대화를 아직도 생생히 기억했다.

"너, 이 자식! 어디서 그런 연극을!!"

병동에서 벌떡 일어나 삣삣대마왕에게 따졌다. 그 옆에는 분명 심문받을 때 '꺄아아!', '끄으으'의 음향 효과를 친히 내준 발레키가 서 있었다.

삣삣대마왕은 특유의 무표정을 짓고 있었지만, 발레키는 뭐가 그렇게 신이 나는지 연신 미소를 잃지 않았다.

어딘가 익숙한 분위기라 했다. 분명 위기감이 느껴져야 하고 공포감이 조성되어야 하는 그런 상황이었는데, 오히려 친숙한 이유가 있었다.

언젠가 한 번 그런 경험을 한 적이 있었다. 오히려 발레키의 음향 효과를 잊어먹었다는 게 이상할 정도였다.

내가 침을 튀면서까지 열심히 따지고 있는 데도 삣삣대마왕은 팔짱을 낀 채 여전히 아무렇지도 않게 나를 내려다보고 있었고, 발레키는 웃음을 참는 것만으로도 벅찬 모습이었다.

"야! 해명을 해야 될 거 아니야!"

"……."

그래야 할 이유가 없다는 듯 여전히 무표정으로 일관하는 뻣뻣대마왕.

그쪽은 포기하고는 발레키를 노려봤다. 날카로운 눈빛에 마주치자 발레키는 흠칫 놀라며 조금씩 부들부들 떨기 시작했다.

잘못한 걸 알기는 아는 모양이다.

"도대체 그런 연극은 왜 한 거야! 그거 다 가짜야? 실험실도, 키메라도? 아니, 그건 다 진짜였는데? 도대체 어디까지가 진짜고, 어디까지가 가짜야!"

안 그래도 지끈지끈 머리가 아픈데, 이 요상한 기억의 편린들을 조합하려니 금방이라도 뇌가 터져 버릴 것만 같았다.

'차라리 꿈이었으면…….'

그랬으면 말이 더 될 텐데.

그때 발레키가 은발을 뒤로 넘기며 조심스럽게 입을 열었다.

"악몽을 꾸셨나요?"

"악몽?"

"키메라 같은 게 여기에 어디 있나요? 요하네스에는 그런 게 없답니다."

"……."

꿈?

정말 꿈이라는 건가?

"크윽!"

나는 머리를 부여잡고 잠시 침대에 처박힌 채 기억의 편린들을 조금씩 더 끌어모았다.

아직도 키메라들이 달려들 때의 공포, 그리고 환상얼굴을 지키기로 마음먹었을 때 가슴에서 느꼈던 벅찬 느낌이 생생했다.

나는 침대에서 벌떡 일어나 눈을 끔뻑끔뻑 너무도 순진하게 반짝이는 발레키를 가리키며 외쳤다.

"거짓말하지 마! 내가 그런 거짓말에 속아 넘어갈 줄 알아!"

"칫."

뭐가 그렇게 아쉬운지 발레키는 의자에 털썩 앉으며 살짝 불만에 찬, 그런 얼굴을 했다.

'내가 속을 줄 알았냐!'

나는 고개를 절레절레 흔들었다.

발레키에게서 어떤 정보를 얻고자 한 내가 바보였다.

눈을 치켜뜨고는 다시 하나의 석상처럼 뻣뻣하게 서 있는 뻣뻣대마왕을 노려봤다.

"설명 안 해?"

"……."

뻣뻣대마왕은 여전히 굳게 닫힌 입술을 열 생각을 하지 않았다.

하지만 그것도 잠시.

가만히 놈을 노려보자, 이윽고 풀에 붙은 건 아닌가 싶던 입술이 벌어졌다.

"1단계가 끝나면 비공식적인 행사를 한다. 몇몇의 1단계 학생을 무작의적으로 뽑아 그들의 담력을 시험하고는 한다. 학생들 전체가 참여하는 행사로, 1단계 학생들을 제외하고는 모두가 알고 있다."

"……."

내가 원하는 대답을 듣고는 있지만, 어째 이게 더 지어내는 이야기 같다.

하지만 결론은 났다.

"그러니까 누가 납치가 된 게 아니었던 거냐!"

"그렇다."

대수롭지 않다는 듯 미동도 보이지 않은 채 대답을 하는 뻣뻣대마왕.

기가 차서 한동안 속에 우글부글 끓고 있는 것들을 내뱉을 수가 없었다.

주먹을 꽉 쥐었다.

그때 발레키가 입을 열었다.

"분해하실 거 하나 없답니다. 각 조들이 편성된 건 물론 작위적이었고, 실험실의 키메라들은 모두 상급생들이 변장한 것입니다. 그리고 개 형태의 키메라는 물론 분장을 한 실제 개였고요. 다른 조원 중 한두 명도 크리스티안님과 비슷한 경험을 했으니 억울해하실 거 없잖아요?"

나는 눈을 얇게 떠 이채롭게 반짝이는 발레키의 눈을 노려봤다.

"너 같으면 안 억울할 거 같냐! 완전 바보 된 거 아니야!"

그게 무슨 꼴인가.

아니, 그것보다 환상얼굴의 얼굴은 앞으로 어떻게 보라는 거지!

모두가 연기였던 그녀는 아무 상관 없겠지만, 하얗게 질려 겁을 먹던 나, 그리고 그녀를 버리고 도망치려고 했던 나!

환상얼굴은 그 모든 것을 기억하고 있는데!

'완전 체면 구긴 거 아니야!'

생각하면 할수록 열 받는다.

평민들의 손에서 완전히 놀아난 게 아닌가. 실험실의 키메라가 상급생들이었다면, 그들은 나의 그런 모습을 보면서 얼마나 웃었을까.

발레키는 그런 내 속을 읽었을까?

히죽 웃으면서 말을 이었다.

"어두워서 잘 안 보이셨겠지만, 그 실험실의 천장에는 작은 유리의 창문들이 여럿 있었습니다. 그래서 다른 상급생들도 모두 잘 구경했답니다."

키메라로 분장한 상급생만 해도 지금 열이 뻗쳐 죽겠는데, 발레키는 더욱 많은 상급생들이 그런 내 모습을 봤다고 친히 알려주었다.

나도 모르게 침대에서 벌떡 일어났다.

"얼마나!"

"으음, 글쎄요?"

발레키는 손가락을 하나씩 펴서 셈을 하는 모습이었다. 십 자리 수는 넘어가지 않는 것일까?

'아니, 그나저나 십까지도 못 세서 손가락으로 세는 건가!'

그럴 수도 있겠다고 고개를 끄덕이고 있는데, 발레키가 이마를 탁! 치며 말했다.

"백여 명은 넘겠네요. 워낙에 크리스티안님이 인기가 많으셔서 말이에요."

"……."

내 귀를 의심했다.

큰 실험실이기는 했다. 그리고 그에 이어진 긴 통로도 물론 컸다.

위에 창이 있었을 수도 있다.

그리고 백여 명이 그런 내 모습을 지켜볼 수도 있었다. 다른 평민들이 겁에 질린 모습보다 귀족의 약한 모습을 보는 게 훨씬 재밌겠지.

그래도!

믿기 싫었다.

발레키는 그런 내 표정 변화를 흥미롭게 보면서 다시 입을 열었다.

"괜찮아요. 그렇게 민망한 장면도 없었는걸요?"

무슨 장면이 있었는지 기억도 못한다는, 곰곰이 생각을 하는 얼굴로 말하는 발레키. 오히려 그런 모습이 내 속을 박박 긁어댔다.

그때 어떤 장면 하나가 생각났는지 이마를 탁! 친다.

꿀꺽.

"도망을 치면 살 수도 있는데, 그래도 마리 양을 구하겠다고 마음먹었을 때의 크리스티안님! 그 결의에 찬 표정이 얼마나 멋있었는데요! 그 모습에 눈물을 글썽이던 여자들도 있었답니다. 아, 흑흑. 정말 그때만큼의 크리스티안님은 자랑스러웠답니다."

발레키는 눈물을 훔치면서 계속해서 내가 얼마나 멋있었는지에 대해 자세하게 묘사하였다.

'그렇게 나쁜 일은 아닌가?'

생각해 보니 조금 겁을 먹었던 것도 있었지만, 꽤나 용기있던 부분도 있었다.

발레키의 말을 들으니 저절로 미소가 지어지고 고개가 끄덕여졌다.

그렇게 화낼 일은 아닌 듯했다.

그때 발레키의 말이 뇌리에 작렬했다.

"…아참! 그 감동적인 모습에 눈물을 흘린 게 아니라, 몇 번이나 그냥 두고 도망을 치려다 다시 마리를 향해 가는 모습에 폭소를 터뜨려서, 너무 웃다가 눈물이 나왔던 것이었나요?"

"……."

정적.

아주 짧은 찰나였지만, 순식간에 주먹이 쥐어지더니 발이 달려갈 준비를 했다.

그리고…….

"너, 이리 와! 웃어? 웃겼어?"

주먹을 휘두르며 발레키를 향해 달려갔다. 하지만 놈이 어찌나 빠른지 내가 한 발짝 나갔다 싶자 벌써 병동에서 휙 하고는 사라졌다.

"……."

'저게 사람이야?' 라는 얼굴로 멍하니 발레키가 사라진 문을 바라봤다.

뻣뻣대마왕은 한숨을 푹 내쉬면서 '발레키 같은 놈' 이라 중얼거리며 내 시선을 회피했다.

"……."

나는 어째 이 병동에 왔을 때보다 훨씬 큰 정신적인 충격을 지금 입고 있다는 느낌이 들었다.

털썩.

다리에 힘이 풀려 침대에 힘없이 쓰러졌다. 계속 누워 있었으니 전력 질주를 이겨낼 다리 힘이 없었던 것이다.

"하아."

침대에 누워 과연 얼마나 많은 평민들이 내 모습에 폭소를 터뜨렸을까 상상했다.

생각해 보니 그때 놈들의 웃음소리를 들었던 것 같기도 하고, 그냥 발레키가 그렇다길래 그렇게 느끼는 것 같기도 했다.

하지만 한 가지 확실한 건, 내가 실험실에서 꽤나 웃긴 장면을 많이 연출했다는 것.

그리고 며칠간은 얼굴을 제대로 들고 다니지 못할 것이라는 사실.

"아악!"

귀족이 체면이 있지!

도대체 누가 나를 담력 훈련 대상으로 뽑은 것일까.

물론 조가 많아 담력 훈련 대상으로 뽑힌 사람이 꽤나 되겠지만, 그래도 100%는 아니었다. 50%도 아니고, 많아봐야 1단계에서 전체 학생 중 7%만이 이 희한한 담력 훈련에 당했단 말이다.

7%가 불가능을 뜻하지는 않았지만, 희박한 확률임에는 틀림없었다.

7%에 당첨되었다는 말보다는, 누군가가 작위적으로 나를 뽑았다는 게 오히려 신빙성이 있었다.

'누군가가 작위적으로?'

무시무시한 음모 하나가 뇌리를 스쳤다.

"뻣뻣대마왕!"

옆에서 '미쳤나?' 라는 눈빛으로 나를 내려다보는 뻣뻣대마왕의 얼굴이 굳어졌다.

'아차.'

"아니, 너!"

뻣뻣대마왕은 분명 여기저기서 들어(사실 발레키도 그를 그렇게 부르니) 자신의 별명이 뻣뻣대마왕이라는 걸 알고 있어 그 말을 별로 안 좋아한다.

안 그래도 놈의 반경 50m는 싸늘한데, 뻣뻣대마왕의 말이 공기 중에 돌아다니면 그 반경이 최소 100m로 늘어난다.

"네가 날 뽑았지! 담력 훈련시키려고, 일부러 날 뽑았지!"

뻣뻣대마왕은 과연 내가 그의 별명을 부른 일을 조용히 넘어가야 하나 고민하는 얼굴로 정적을 지켰지만, 이내 대답했다.

"이름을 뽑았을 뿐이다. 상자에 넣어놓은 채 보이지도 않는 상태에서 뽑았으니, 무작위적이었다고 할 수 있겠군."

"······."

눈을 가늘게 뜨고는 놈의 눈에서 무엇인가를 읽어내려 했다.

"······."

하지만 뻣뻣대마왕에게서 무엇을 얻어낼 수 있겠는가.

털썩.

다시 자리에 누웠다.

당했다.

요하네스에서 당한 게 한두 가지가 아니었지만, 이번에도 역시 호되게 당했다.

평민 놈들은 나에 대해서 꽤나 오랫동안 쑥덕대겠지.

이젠 별 관심도 없었다.

자포자기의 심정으로 잠이나 한숨 자려고 눈을 감았을 때였다.

"무엇을 배웠지?"

눈을 뜨니 뻣뻣대마왕이 아까와 조금도 다름이 없는, 팔짱을 낀 채 그 어떤 감정도 드러나지 않는 눈빛으로 나를 내려다보고 있었다.

"……."

나는 '장난해?'라는 얼굴로 멍하니 놈을 올려다봤다.

그럼에도 불구하고 뻣뻣대마왕이 계속해서 대답을 기다리자 헛웃음을 흘리며 입을 열었다.

"허어, 배우긴 뭘 배워! 있다면, 너랑 발레키는 절대 믿으면 안 된다, 그 정도?"

그 어떤 그럴싸한 상황이라도 재차 확인을 해야 한다. 사실 이번에는 누군가의 함정이라는 사실을 조금도 알아채지 못했다.

앞으로 또 이런 일이 있으면, 그때도 내가 속지 않을 거라는 확신은 조금도 하지 못한다.

아니, 분명 또 당할 것이다.

그렇다면 앞으로는 어떻게 할 것인가?

'…….'

또 하나 배운 게 있다면, 나는 치밀한 발레키와 뻣뻣대마왕에게 당할 수밖에 없는 사람이라는 것!

"하아."

한숨이 저절로 나온다.

어디선가 따가운 느낌이 나기에 올려다보니 뻣뻣대마왕이 한심하다는 듯이 나를 내려다보고 있었다. 하긴, 혼자서 이런 저런 생각을 하다 한숨을 대뜸 내쉬니 한심할 수밖에.

"그것밖에 없나?"

"그럼 또 뭐가 있어!"

뻣뻣대마왕은 헛소리를 하지 않는다.

2년 동안 그를 알아왔지만 지금까지 단 한 번도 헛소리를 한 적이 없었다.

그가 어떤 말을 하는 데는 다 그만한 이유가 있었다. 이번에도 참 어처구니가 없지만 분명 이유가 있겠지.

"공포. 공포를 느끼지 않았나?"

"……."

공포.

그 단어의 느낌이 전보다 강렬해졌다.

예전에 공포라는 단어를 들었으면 그냥 '무서움 혹은 두려움'이라는 사전적인 정의로만 떠올렸을 텐데, 지금은 그 공포라는 느낌이 떠오른다.

어둠 속에서 목숨의 위협을 받는 공포.

머리가 하얗게 질려 그 어떤 생각도 할 수 없고, 몸도 제 기능을 하지 못한다.

뻣뻣대마왕은 내게 생각할 시간을 조금 주었다. 차 한 잔

천천히 음미할 시간만큼, 길지도 짧지도 않는 시간 동안 침착하게 기다렸다.

"그 어떤 사람도 공포를 피할 수는 없다. 드러나지는 않아도, 그 누구에게도 공포는 내재되어 있다. 그것을 자극하면 그 어떤 고강한 사람도 순식간에 무너진다."

가만히 듣고 있다 보니 궁금해졌다.

"너도 공포가 있나?"

"……."

'누구라도'에 뻣뻣대마왕이 포함되지 않을 리는 없었다.

하지만 그를 그 범위 안에 집어넣고 보니 파란 종이 위에 빨간 점을 찍어놓은 듯 이질적이고도 탁, 눈이 튀었다.

뻣뻣대마왕은 대답하지 않았다.

대신 말을 이어 나갔다.

"공포는 떨칠 수가 없는 인간의 본성 중 하나다. 공포에 떨면 생각이 마비됨은 물론, 몸 역시 제 기능을 못한다. 많은 사람들이 그 사실을 인정하지 않으려 하지만, 그렇다고 해서 진리가 아니라고 할 수는 없다."

뻣뻣대마왕의 눈빛이 조금 더 깊어졌다. 모든 것을 빨아들일 것만 같은 검은 두 눈.

"너는 실험실에서 갇혔을 때 어떤 느낌을 받았나."

잠시 그때의 상황을 떠올렸다. 여러 상황이 떠올랐다. 갑자기 실험실의 문이 사라졌던 것, 환상얼굴도 사라진 것, 실험실의 철문이 박박 긁히며 떨렸던 것, 어둠 속을 뚫고 환상얼굴을 구출하러 간 것, 키메라들이 덤벼들었을 때.

참으로 여러 번 공포를 느꼈다.

"절망?"

뼛뼛대마왕은 묵묵히 고개를 끄덕였다.

"희망의 단절 역시 공포에 맞닥뜨렸을 때 나타나는 현상 중 하나이지. 공포에 맞설 때 가장 중요한 것은, 희망이 존재함을 조금도 의심치 않는 것! 하늘이 무너져도 솟아날 구멍이 있음을 명심해야 한다."

가만히 듣고 있다 보니 뼛뼛대마왕이 지금 나를 가르치고 있다는 걸 깨달았다.

항상 그렇지만, 이번에는 조금 더 깊게 날 가르치고 있다.

왜?

그 의문을 해소하기도 전에 뼛뼛대마왕의 말이 끊임없이 이어졌다.

"강자는 여러 의미로 해석할 수 있다. 단순히 누구보다 검술에 더 뛰어난 것 역시 강자의 개념 중 하나에 속하지만, 진정한 강자는 내면이 강한 사람이다. 그 어떤 상황에서도 흔들리지 않는 사람이 바로 진정한 강자란 뜻이다."

강자.

나는 눈앞의 뻣뻣대마왕이 진정한 강자가 아닐까 하는 생각을 했다.

뻣뻣대마왕은 몸이 굉장히 여리다. 발레키는 그래도 기본적인 남자의 골격을 가졌지만, 뻣뻣대마왕은 허리까지 오는 긴 검은 머리와 전체적으로 얇은 뼈, 호리호리한 몸매는 여성의 육체와 많이 닮아 있었다. 물론 그렇다고 해서 여장남자 정도라는 건 아니고, 남자답지 못함이 더 옳은 표현이었다.

하지만 그런 육체적인 것과는 달리 뻣뻣대마왕에게서는 굳센 기도가 흘러나왔다.

마치 절벽에 부딪치는 거센 파도와 같은 그런 대단한 기도.

강자.

"내면이 강하면 그 겉은 저절로 따라온다. 시간의 차이지. 그래서 검술을 마음의 공부라고도 하는 것이다. 몸과 마음 모두가 단련되어야 하지만, 경지가 깊어지면 깊어질수록 결국에는 마음의 공부에 집중하게 된다."

알 것 같기도 하면서 너무도 모호한 개념.

그렇지만 머리는 복잡해지지 않았다. 오히려 점점 맑아지는 기분이었다.

귀를 쫑긋 세우고는 경청했다.

"공포를 이겨내는 것 역시 마음의 공부의 큰 부분에 속한다. 공포를 이겨내는 방법에 왕도는 존재하지 않는다. 각 사람마다 그 방법에 차이가 있고, 최고의 방법이라 생각되는 것도 어떤 사람에게는 별 효력이 없다. 하지만 결국 이뤄내야하는 건, 공포 속에서도 흔들리지 않는 마음이다. 마음이 흔들리지 않으면 몸도 흔들리지 않는다. 그리고 진정한 강함을 얻을 수 있지."

무아지경이라는 말이 있다.

나를 잊는 경지.

가끔 검무를 출 때 그런 경지를 경험하고는 한다.

나는 처음으로 가만히 가르침을 듣고 있어도 그런 경험을 할 수 있다는 사실을 깨달았다.

"너는 공포 속에서도 훌륭하게 맞섰다. 목숨을 잃을 수도 있는 상황에서도 너는 마리를 구하기로 결심을 내렸다."

"……."

거의 얼떨결에, 아니, 체면을 살리기 위해서 구하기로 결심한 것이기에 가만히 듣고 있기가 조금 그랬지만, 그래도……아무 말 하지 않았다.

"많은 사람들은 지켜줘야 하는 사람을 짐으로 생각한다. 그래서 위험한 상황이 올 때는 가차없이 그런 사람들을 버리고는 한다. 하지만 오히려 그런 사람이 있을 때 내 자신이 더 강해질 수 있음을 아는 사람은 적다."

"……?"

짐이 아니라고?

이런 이야기는 굉장히 자주 나온다.

길을 가다 산적을 만난다. 하필이면 어떤 레이디와 걸어가고 있는데 말이다. 혼자라면 4명 정도야 다 때려잡을 수 있다.

하지만 지켜야 하는 레이디가 있어서 결국에는 붙잡힌다. 아니, 붙잡히지 않는다고 해도 레이디가 인질로 잡혀 어쩔 수 없이 항복을 해야 된다거나 지키면서 싸워 체력이 너무 떨어진 나머지 어처구니없이 죽음을 맞이하기도 한다.

뻣뻣대마왕은 반박할 거리가 많은 내 얼굴 표정에서 그것을 읽었나 보다.

"모든 사람에게는 잠재력이 있다는 걸 알고는 있겠지? 그런 잠재력을 끌어내는 게 바로 소중한 사람이다. 누군가에게 정신적으로 의지를 할 때 비로소 마음의 안정을 얻고는 더욱 강해질 수 있다. 그리고 항시 필사적이기에 그 어떤 수련을 할 때도 더 큰 효율성을 얻을 수가 있지."

"으음."

뻣뻣대마왕의 말을 들었다.

이해하겠다는 개념보다는 왠지 그럴 것 같다는 느낌에 고개를 끄덕였다.

"공포. 공포와 맞닥뜨리게 되는 상황에서 이성을 잃지 마

라. 너에게 소중한 이를 떠올려라. 네가 아니면 그 소중한 이를 누가 지키겠는가. 항시 그것을 명심하고는 검술을 수련해라. 그때 너는 그 누구보다도 강해질 수 있을 것이다."

뺏뺏대마왕은 그 말을 남기고는 발레키와 똑같이 금세 병동에서 사라졌다.

나는 한참 동안이나 그가 사라진 곳을 멍하니 바라봤다.

가슴이 또 따뜻해졌다.

환상얼굴을 구해내기로 마음먹었을 때와 똑같이 가슴이 따뜻했다.

무엇인가를 배운 기분.

털썩.

힘없이 침대에 누워 생각을 정리했다.

"춤 안 춰?"

내 파트너가 재촉한다.

자주색에 분홍빛이 섞인, 면의 원피스를 입은 여인. 원피스의 라인 속에서 숨 막히는 아찔함을 뿜어내는 우아한 자태.

불이 일렁거리는 착각을 들게 하는 화려한 적발에 불타오르는 붉은 눈동자.

착한몸매였다.

위로 땋아 올린 머리카락 때문에 아름다운 목 라인이 도드라졌다.

저절로 미소가 흘러나온다.

"춰야지."

'흐흐'라는 음흉한 웃음이 나오는 걸 저절로 막았다.

회상하는 동안 불타오르는 발레키와 뻣뻣대마왕에 대한 분노가 태양에 눈이 녹듯 사르르 사라졌다.

"팔."

착한몸매는 아찔한 미소를 흘리며 내 팔을 잡았다. 우리는 천천히 계단을 내려갔고, 우아하게 춤을 추기 시작했다.

밤이 깊어질수록 무도회장의 분위기는 점점 무르익어 갔다.

2년.

드디어 2년이 흘러 1단계를 마쳤다.

"......."

뿌듯해야 하건만 어째 한숨밖에 안 나온다.

'이제 8년 남은 건가?

"......."

한숨이 나올 수밖에 없다.

제11화
특수

0

요하네스에서는 특수라는 단계가 있다. 1, 2, 3, 4, 5단계의 그 어디에도 속하지 않는 특수.

실력이 각자의 단계에 비해 유난히 뛰어나다 싶은 학생들을 모아 만드는 단계이다. 이 특수라는 것도 단계별로 유별나게 뛰어난 학생이 있으니 1, 2, 3, 4, 5단계 특수로 나뉘고, 특수의 특성상 모든 단계에 존재하는 건 아니었다.

그 예로 5단계로 올라간 착한몸매는 유일한 5단계 특수였다. 조기 졸업이 확정된 케이스로 볼 수 있었다.

어찌 되었든 특수는 몇 개월 혹은 몇 년간 특별 교육을 받아 더 높은 단계로 정상적인 절차를 밟지 않고도 올라갈 수 있게끔 되어 있다.

나, 크리스티안 줄리어스 아신.

당연하지만 그런 특수로 선택받았다.

1

요하네스에는 방학이라는 개념이 없다. 다른 검술 기관에는 분명히 있었지만, 안타깝게도 조금도 융통성이 없는 요하네스에서는 없었다.

아니, '형식적'으로는 존재했다.

1주일 동안 쉬는 걸 방학이라고 하면 뭐, 그렇다고 할 수 있었다.

물론 검사라면 체력 단련을 쉴 수 없다는 명목으로 오전 내내 고된 체력 단련을 했지만, 뭐, 그래도 오후 동안엔 내내 쉬었다.

요하네스에서 1단계를 이수하고 나니 그 정도로도 감지덕지하는 내가 이질적으로 느껴졌다.

"크리스."

냉기가 뚝뚝 떨어지는 어조로 짧게 인사를 하는 여인. 새까만 흑발에 갈색 눈, 유난히 날카로운 눈매와 굳게 다문 입은 굉장히 차가운 느낌을 주었다.

"깐깐안경."

그렇다.

깐깐안경은 내 옆에 자리를 잡고는 수업이 시작되기를 기다리고 있었다.

"엇! 크리스, 일찍 왔네?"

내 반대쪽 옆에 의자를 내려놓고 앉는 거대한 사내. 넓적한 얼굴은 여전했지만, 지난번에 충격을 받았을 때와 마찬가지로 능글맞은 미소를 띠고 있는 넓적얼굴. 순박하던 놈은 어디가고 저런 괴상한 녀석이 나타났는지.

"모두들, 안녕."

여전히 아찔한 몸매를 자랑하는 착한몸매가 미소를 지으며 내 앞에 자리를 잡았다.

나를 포함해서 네 명이 왔으니 두 사람만 더 오면 되는 모양이다.

바깥의 문을 봤다.

아니나 다를까, 녀석들이 오고 있었다. 눈을 뜨고 있는지 감고 있는지 분간이 안 가는 놈과 투박하게 생긴 얼굴, 넓적얼굴과 맞먹는 거대한 덩치에 유난히 주먹코가 도드라지는 녀석. 그렇게 둘이 걸어와 동그랗게 놓여 있는 의자의 나머지 두 좌석을 차지했다.

주먹코와 뱁새눈.

녀석들은 인사도 건네지 않았다. 아니, 뱁새눈은 넓적얼굴에게만 살짝 인사를 했다.

이렇게 모두가 모였다.

몇 개월인지 확정되지는 않았지만 꽤나 오랜 시간 수련을 같이해 나갈, 같은 단계의 학생들.

'2단계 특수.'

담당 교수들에게 인정받으면 바로 3단계로 올라갈 수 있음은 물론 조금 더 뛰어나다 싶으면 3단계의 특수로 월반할 수도 있을 거라고 들었다.

그러니까 내게 이 요하네스는 8년이 남은 게 아니라, 6년 혹은 그보다 더 짧을 수도 있다는 말.

모처럼 새 학기의 학구열이(아니, 검술 의욕)이 불타올랐다.

2단계 특수를 담당하는 교수는 세 사람이다. 그리고 놀랍게도(?) 두 사람은 꽤나 친숙했다.

'어떻게 이번에도 뻣뻣대마왕이랑 발레키랑 붙게 되는 거야!'

뻣뻣대마왕과 발레키는 신입생들의 교육은 물론이고 우리들 역시 맡는다. 도대체 이놈들은 학교에서 얼마나 오랫동안 일을 하는 것인가.

새삼 둘을 부려먹는 교장이라는 작자가 대단하게 느껴졌다.

그리고 마지막 한 명.

학기가 시작된 지 몇 주가 지났지만 초빙이 늦는다는 말을 들었을 뿐 본 적은 없었다. 다만 세 명이 있고, 아직 한 명이 비었다는 사실을 알 뿐이다.

이름도 밝혀지지 않았다.

다만 소문에 의하면 외부에서 강사를 들인다고 한다.

그 이야기를 듣고는 그 강사에게 깊은 애도의 뜻을 표했다.

발레키와 뻣뻣대마왕과 함께 우리를 가르친다라.

굉장한 스트레스일 것이다.

덜컹!

그때 거대한 문이 세차게 열렸다. 시간이 딱딱 되기 무섭게 들어오는 교수.

여전히 검은 망토를 휘날리는, 뻣뻣대마왕이었다.

"연습을 모두 해왔나?"

안부 인사?

그런 건 없다.

닥치고 수업이다.

사근사근한 착한몸매가 뻣뻣대마왕에게 '어떻게 지내세요?'라고 한 번 물어봤던 적이 있지만, 오히려 그 후로 수업이 더욱 고달파지자 그 누구도 수업의 분위기를 부드럽게 하려는 노력을 하지 않았다.

우리는 의자를 한가운데로 치우고는 일렬로 줄을 섰다. 소인원이다 보니 뻣뻣대마왕에게 일 대 일로 더욱 집중적인 교육을 받을 수 있었다.

그러니까, 일렬로 서 한 명씩 나서 각자가 수련하는 것을 보여주어 검사를 맡는 것이다.

원래는 순서가 정해져 있지는 않았다.

다만, 3주가 넘어서니 저절로 순서가 정해졌을 뿐이다.

언제나 의욕이 많은 깐깐안경이 가장 먼저 검사를 맡았다.

그녀는 유형화되면 분명 날카로운 단검일 게 분명한 눈빛으로 나를 한 번 힐끔 노려보고는 스르릉, 검을 뽑아 들었다.

뻣뻣대마왕은 팔짱을 낀 채 재밌게도 뻣뻣하게 서서는 고개를 끄덕였다.

시작하라는 것이다.

뻣뻣대마왕이 고개를 끄덕이기가 무섭게 깐깐안경의 얇은 검이 공간을 가르기 시작했다. 그녀는 가볍게 찌르기에 들어갔다.

찌르기.

너무도 가벼워 보였지만, 그렇다고 해서 대수롭지 않은 건 아니었다.

한 번 찌르는 듯한데 무려 세 번이나 검이 찔러 들어간다.

그것도 아주 짧은 찰나에.

무엇보다 무서운 건, 그 검들이 모두 똑같은 검로를 그리고 있다는 사실.

적어도 내가 보기에는 조금의 오차도 없었다.

조금 더 자세히 살펴보면, 생체 에너지를 하나도 운용하지 않은 채 검을 휘두르고 있었다. 2단계 특수라면 모두가 생체 에너지를 자유롭게 운용할 수 있었는데, 검 놀림을 자유롭게 하는 건 물론 훨씬 강력하게 놀릴 수 있는 힘을 주는 생체 에너지 없이도 깐깐안경의 검은 빠르고 정확하게 허공을 찔렀다.

'역시 사이 출신이라는 건가?'

검의 빠르기에 중점을 두는 사이의 검술. 깐깐안경이니 분명 사이의 검술을 굉장히 깊게 수련했을 것이다. 그리 긴 기간은 아니었지만 요하네스에서도 가장 뛰어나다 여겨져 특수로 뽑혔으니 어지간한 수준은 아니겠지?

'단순히 저렇게 찌르는 게 뻣뻣대마왕의 과제는 아닌데.'

조금 더 기다리자 깐깐안경의 자세에 조금씩 변화가 일어나기 시작했다.

스네이크 스텝을 밟기 시작한 것이다.

두 발로 S자를 그리면서 나아가는 스텝. 천천히 걸어나가면 아무런 소용이 없지만, 빠르게 S자를 그리면 공수 모두가 유리해진다.

깐깐안경은 입이 딱 벌어질 정도로 빠르게 S자를 그렸다. 게다 얼마나 정교한지, 누군가가 바닥에 완벽한 S자를 그려 놓은 것 위에서 발을 놀리는 것 같았다.

"……."

물론 스네이크 스텝을 저렇게 뛰어나게 밟는 깐깐안경이 대단한 건 사실이다.

하지만 그것뿐이었다.

무엇인가를 더 보여줘야 한다.

적어도 깐깐안경이라면, 그리고 특수로 뽑힐 실력이면 그 래야 한다.

"……!"

그러다 나는 놀라운 사실을 발견할 수 있었다.

스네이크 스텝은 동선의 변화가 굉장히 큰 보법이었다. 그 보법에 변화무쌍한 검술이 동시에 들어가면 막아내는 사람 은 정신이 하도 사나워 여러 검격 중 하나에 당할 수밖에 없 다.

대단한 검술이지만 사이 전체가 수련하는 검술이다. 2단계 로 올라간 백여 명이 넘는 사이 출신 학생은 모두가 할 수 있 단 말이다.

그래서 그렇게 놀랄 게 없는 줄 알았는데, 깐깐안경의 것은 조금 달랐다.

그녀는 여전히 찌르기를 하고 있었다.

입을 딱 벌어지게 하는 건, 그녀가 S자로 스텝을 밟으면서도 똑같은 점이 이어진 선상으로 검로가 찔러 들어간다는 것이다.

똑같은 점에 찌르기를 한다.

발이 보이지 않을 정도로 **빠르게** 스텝을 밟으면서도 점을 잃지 않았다.

'멋지군.'

저절로 고개가 끄덕여지며 탄성이 터져 나온다.

"그만. 훌륭하다."

뻣뻣대마왕이 그만 해도 좋다고 했다. 확실히 저 정도면 '나를 놀라게 해봐라' 라는 그의 과제에 충족되는 검술일 것이다.

깐깐안경은 또다시 기분 나쁘게 나를 힐끔 쳐다보고는 나를 지나쳐 가장 뒤에 의자를 펴고는 앉았다.

그다음은 넓적얼굴.

넓적얼굴은 일단 **뻣뻣대마왕**에게 깍듯하게 인사를 올리고는 **빠르게** 검을 놀리기 시작했다.

평소의 능글맞은 모습과는 달리, 놈이 검술을 펼칠 때는 굉장히 진지했다.

넓적얼굴도 사이 출신의 학생이었다. 빠르기에 중점이 맞춰진 검술을 수련했다는 말이다.

놈은 그 큰 덩치와는 어울리지 않게 날렵한 스트레이트 스텝을 밟으면서 현란한 팔(8)자의 검술을 펼쳤다. 내려칠 때나 올려칠 때의 속도가 똑같을 정도로 빠르고 정확했다.

"그만."

그다음은 뱁새눈. 뱁새눈은 깐깐안경이나 넓적얼굴만큼의 빠르기나 화려함을 선보이지는 못했다. 하지만 정확함만은 단연 최고였다.

주먹코는 힘. 바알 출신의 학생이니만큼 정말 대단한 힘을 가졌다.

투핸드 소드가 공기를 가르는 소리가 붕— 하고 들릴 정도였다. 그 앞에 선 뼛뼛대마왕의 머리카락까지 일렁일 정도이니.

스텝은 조금 단순한 느낌이 없잖아 있었지만, 그를 상쇄하는 힘이 있으니 감히 무시할 수가 없었다.

착한몸매는 나와 마찬가지로 주몬의 학생이다. 근육의 균형이 한데 어울려 선사해 주는 파워, 그리고 카운터를 중점적으로 얻어내는 데 특화된 스텝.

착한몸매는 그것들을 교본에 나와 있는 그대로 한 치의 오차도 없이 정확하게 몸으로 재현하고 있었다. 몸매만 뛰어난

게 아닌 모양이었다.

"그만. 훌륭했다."

훌륭하다는 말을 들은 사람은 지금까지 깐깐안경과 착한 몸매.

뻣뻣대마왕이 흡족했다는 말이다.

착한몸매는 고개를 한 번 숙이고는 다른 학생들과 마찬가지로 의자에 자리를 잡았다.

착한몸매 다음은…….

"크리스."

뻣뻣대마왕의 말은 항상 그렇지만, 이렇게 내 이름을 부를 때면 가슴이 철렁한다.

그다음은 내 차례였다.

뻣뻣대마왕이 인정할 정도로 지금까지 배운 검술을 응용하는 한 수라.

생체 에너지를 운용하지 못한다는 제재는 내게 상당히 컸다.

사실 내 유일한 장점은 가장 뛰어난 생체 에너지의 운용이었다.

뻣뻣대마왕은 그런 내 장점을 인정하지 않았다.

오로지 내 특별한 검 때문이라는 것이다.

사실 뻣뻣대마왕의 말을 부인할 수도 없었다. 다른 검으로도 생체 에너지의 운용이 가능하기는 했지만, 내 검을 들었을 때만큼 대단하지는 않았다.

모두의 시선을 한 몸에 받으며 나는 검을 뽑아 들었다.

휘익―

일단 가볍게 종베기를 했다.

휘익―

그다음에는 횡베기.

연격기의 시작이었다.

종횡을 무진하는 백날의 검.

트위스트 스텝을 밟으면서 무려 10차례 연속으로 검을 베었다.

연격기는 굉장히 어려운 검술이다.

무작정 검을 휘두르면 될 것 같지만, 스텝을 밟는 동시에 효율적인 연격기는 고난이도의 검술이었다.

연격기는 자세의 정확성이 중요하기 때문이다. 자세가 흐트러지면 연격기의 파워가 살지 않는다. 힘을 모으는 순간순간이 짧기 때문에 오로지 근육의 균형을 이용한 완벽한 자세의 검술만이 효과적인 연격기로 이어질 수 있었다.

나는 10차례로 이루어진 연격기를 완벽하게 펼치고는 멈췄다.

그리고는 여전히 알 수 없는 눈빛의 뻣뻣대마왕을 쳐다

봤다.

"주몬의 검술은 반격에 중점을 둔 검술이다. 너는 지금 주몬의 검술을 펼치면서도 그 중점을 완전히 무시했다. 막아내고 카운터에 들어가는 검술이 아닌, 단순히 무차별적인 공세에 지나지 않았다는 말이다."

"그, 그렇지만!"

뻣뻣대마왕은 내게 해명할 기회를 주지 않았다.

"들어가라."

"……."

나는 결국 의자를 하나 들고 다시 다른 이들의 옆에 앉을 수밖에 없었다.

깐깐안경이 나를 한 번 노려봤다.

고소해하는 얼굴이다.

나는 입술을 살짝 깨물고는 뻣뻣대마왕을 노려봤다. 분명 내 검술은 칭찬해 줄 만한 구석이 있었다. 하지만 뻣뻣대마왕은 당근과 채찍이 아닌, 채찍만을 택했다.

'재수없어.'

팔짱을 끼고 다리를 꼬았다.

뻣뻣대마왕은 나를 보는 듯 마는 듯 주위를 한 번 훑고는 입을 열었다.

"너희들이 이 단계를 마치기 위해서는 검술에 생체 에너지를 완벽하게 담을 수 있어야 한다. 하지만 그렇게 하기 위해서는 일단 생체 에너지 없이도 각자의 검술을 자유자재로 펼칠 수 있어야 한다. 생체 에너지와 함께 그런 수련을 할 수 없는 이유는 간단하다. 생체 에너지가 힘을 더해주는 증폭제와 비슷하기는 하지만, 오히려 그래서 본래의 힘을 잊어버리기 쉽다. 얼마만큼의 생체 에너지를 더해야 어느 정도의 힘이 더해진다. 그 비율이 모두가 다르기에 생체 에너지가 없는 상태에서의 수련이 중요하다. 그 수련을 게을리 하면 미세한 생체 에너지의 운용이 불가능하며, 이 단계에서 영원히 벗어나지 못할 것이다.”

뭐라고 하든지 말든지.

관심이 없었다.

“그러면 다시 한 번 수련을 시작한다. 검술을 합치는 게 오늘의 목표다. 한 검술의 첫부분과 다른 검술의 마지막, 중간중간을 합치든 모두가 자기 마음이다. 다만 부드럽게 이어져야 함을 기억해라.”

네네네.

알겠어요.

2

사람은 일관성이 있어야 된다는 말이 있다. 발레키는 그 말에 딱 부합되는 경우였다. 그를 처음 봤을 때부터 그는 발레키였다.

"명상이 가장 중요하답니다. 자기 자신에 대한 정의를 내릴 수 있는 시간이지요."

그렇게 말해놓고 발레키는 잠을 잔다.

쿨쿨, 하는 소리가 들릴 정도로 너무도 편하게 잠을 잔다. 소문에 따르자면 놈은 24시간을 자도 또 24시간을 잘 수 있는 능력을 가졌다고 한다.

물론 우리가 한 단계를 올라왔으니 발레키 역시 조금은 심화된(?) 수업을 한다.

발레키는 입가에 흐른 침을 닦으며 벌써 벌게진 눈을 뜨고는 말했다.

"아참, 자신의 미래 모습을 상상하는 게 큰 도움이 됩니다. 간절히 원하면 그것이 이루어진다는 말이 있듯, 진심으로 믿으면 머릿속에 그리는 경지가 어느 날 자기의 것이 될 수 있답니다."

그렇게 말하고는 수업이 끝나기까지 발레키는 계속해서 잠을 잔다.

나는 수업 내내 한 생각만 했다.

'차라리 집에 가고 싶다.'

요하네스에서 하도 오래 있었더니 여기의 생활이 몸에 밴다.

큰일이다.

나는 귀족.

귀족다운 삶이 있는데, 어느샌가 그런 것들을 전부 잊어버리고도 살 수 있게 되었다.

그러니까 평민이 되었다는 말이다.

실제로 생각해 보면 내가 이곳에 처음 왔을 때보다 다른 평민들이 나를 어려워하는 그런 게 없다.

말 그대로 큰일 났다.

귀족의 포스는 아무에게서나 나타나는 게 아닌데, 난 그것마저 사라졌다.

'검술이라도 빨리 늘면 요하네스에서 더 빨리 탈출할 수 있을 텐데.'

하지만 배를 박박 긁어대는 발레키의 모습을 보니 그게 수월할 것 같지는 않았다.

3

여검사는 흔치 않았다. 그냥 검을 쓰는 사람이라는 의미에서 여검사의 수가 어느 정도 있기는 했지만 제국에서 1년에

한 번 여는 검술제에서 우승하고, 그 후에도 황제가 주는 퀘스트를 완벽하게 완수해서 황제에게 직접 검사의 작위를 받은, 그런 여검사는 절대로 흔치 않았다.

아니, 지금까지 500여 차례의 검술제에서 우승한 여검사는 단 두 명밖에 없었다.

한 명은 이미 이 세상 사람이 아니었다. 오래전에 검사계를 떠들썩하게 한 최초의 여검사. 무려 150여 년 전의 일이었다. 그 이후로 여성 검수련자들이 기하급수적으로 늘어났고, 근래에 들어서는 검술 기관에서도 여성 신입생을 받고 있다.

나머지 한 명은 당대의 사람이다.

아니, 겨우 5년 정도 전쯤에 검사의 작위를 받은 여인이 있었다.

요하네스의 2단계 특수를 맡게 된 나머지 한 명의 교수가 바로 그녀였다.

모르긴 몰라도 검사계 전체가 그녀의 요하네스 강사 직 승낙에 놀랐을 것이다.

많지 않은 검사들이 가끔 유명 검술 기관에 강사로 검사계의 새싹들을 가르치는 데 관심을 보이고는 했다. 하지만 여성 검사는 처음이었다.

그것도 30세의 나이로 최연소 검사 작위 획득에 두 번째 여검사로 한창 이름을 날리고 있는 그녀였으니, 그런 그녀가 주로 평민들만 오는 요하네스에 강사로 왔다는 사실에 검사계가 경악하지 않을까?

"새로 온 강사 분이 그렇게 유명한 분이라면서?"

2단계 특수들은 모두 요하네스의 외곽으로 소집되었다. 요하네스 성을 넘어 어둠의 숲 앞, 그 음산한 분위기 속에서도 평민들은 약간 상기된 얼굴로 기대감을 감추지 못했다.

착한몸매가 입을 열자 깐깐안경은 어울리지도 않는 홍조를 띠며 애써 딱딱하게 말했다.

"소문은 과장되기 마련."

항상 차가운 얼굴의 그녀. 생각보다 감정을 감추는 데 익숙하지 않은 모양이다.

"예쁘려나?"

넓적얼굴은 남자의 본성을 너무도 거리낌없이 드러낸다. 특히 예전의 넓적얼굴과는 완전 달라, 그에 느껴지는 이질감은 떨치기 힘들었다.

놈들은 10여 분을 더 떠들었다. 북쪽의 야만족들을 토벌하는 데 가장 큰 공헌을 했다느니, 유명한 남검사 한 명을 슬슬기게 만들었다느니 하는 등의 여기저기에서 들은 소문들을 나누고 있었다.

서로 이야기를 나누다 착한몸매가 내 옆으로 다가왔다. 요즘은 거의 항상 같이 있는 데도 그녀의 몸에서 느껴지는 숨

막힘은 조금도 익숙해지지를 않는다.

"크리스, 넌 새로 온 강사 분에 대해 관심이 없어?"

다른 평민들과는 달리 내 시큰둥한 표정에 의아했던 모양이다.

"노처녀한텐 관심 없어."

물론 그녀의 외모는 풋풋한 이십대 초반의 것과 별반 다르지 않았다. 이 빌어먹을 검술이라는 게 최고의 미용법이라는 농담은, 결코 근거가 없지만은 않은 것이다.

'사실 그 노처녀가 검술을 시작했던 것 자체가 용모 관리를 위해서였지.'

나는 혀를 차며 고개를 절레절레 흔들었다.

그때 넓적얼굴이 흉악해 보일 정도로 입을 벌리더니 하얗게 질린 얼굴로 호들갑을 떨었다.

"노, 노처녀라니! 너무 말이 심하잖아!"

나는 콧구멍을 벌렁벌렁거리는 넓적얼굴을 멍하니 바라만 봤다.

처음 입학했을 때 여자에 대한 관심을 숨기느라 얼마나 힘들었을까?

"자, 네가 35살이야. 그런데 결혼을 안 했어. 노총각이야, 아니야?"

"……"

넓적얼굴은 내 논리정연(?)한 반박에 아무 말도 하지 못했다.

뱁새눈은 그게 못마땅한지 눈을 감고는(어쩌면 얇게 뜬 것일지도 모른다) 내게 소리쳤다.

"여검사이시니까 아직 결혼을 못한 게 당연하지! 검술 수련하기 바쁘신데 언제 연애라도 해보셨겠어?"

"푸하하하!"

뱁새눈의 말을 듣고는 난 한바탕 크게 웃어재낄 수밖에 없었다.

연애를 못해봤다라.

동급생들이 갑자기 폭소를 터뜨리는 나를 이상한 눈으로 본다.

하지만 웃긴 건 웃긴 거다.

"하긴, 연애가 사랑을 속삭이는 그런 것이라면 한 번도 해본 적이 없겠지."

반대로 사랑의 감정이 오고 가는 게 아닌, 단순한 육체적인 욕망을 해소하는 거라면 그녀만큼 활발한 사람이 없었다.

그 속에서도 그 누구나 정복이 가능하다고 우쭐대는 요상한 취미를 가지고 있었으니.

뱁새눈이 이번에는 눈을 완전히 감다 못해 찡그려질 정도로 닫고는(어쩌면 조금 더 얇게 뜬 것일 수도 있다) 침을 튀기면서까지 따져 댔다.

"30세에 검사 되는 게 쉬운 건지 알아! 연애 같은 건 희생하셨을 거야! 절대 못해서가 아니었다고!"

뱁새눈은 내가 그녀를 비웃었다고 생각하고 있는 걸까? 사실 그녀는 마음만 먹으면 결혼을 할 수 있었을 것이다. 그녀 자체로도 제국에 대단한 권력을 행사하지만, 그녀의 집안은 검술로 으뜸인 가문이다.

게다 그녀의 미모면 황제도 홀릴 수 있다는 말이 돌 정도였다.

결혼을 하겠다?

대륙의 끝에서 끝까지 남자로 줄을 세울 수 있는 사람이 바로 그녀였다.

"뱁새눈. 너, 그 여검사를 잘 알아? 아주 그냥 모든 걸 아는 듯 말한다?"

내게 삿대질을 하면서 침을 튀기는 뱁새눈이 마음에 안 들었다.

뱁새눈의 얼굴이 불타올랐다.

"그럼 너는! 너는 내 말이 틀렸다는 걸 어떻게 알아!"

"……."

그 빌어먹을 여검사를 어떻게 아냐고?

헛웃음밖에 안 나왔다.

그때였다.

다그닥다그닥.

갈기를 아름답게 기른 백마가 우아하게 달려오고 있었다.

'달링.'

말의 이름이었다.

그녀의 작명 센스에서도 그 빌어먹을 성격이 고스란히 드러났다.

달링은 우리의 코앞에서 히이힝, 하고 울음을 내뱉으며 멈췄다.

탁.

달링에게서 한 번에 내려온 여인.

검사의 옷차림이라기보다는 꼭 공주가 야외로 몰래 산보를 나온, 그러니까 부드러운 새하얀 옷들로만 챙겨 입은 그녀였다.

망토까지 흰 것으로 착용한 것을 보아 하얀색을 얼마나 좋아하는지 충분히 알 수 있었다.

독수리의 깃털이 꽂힌 흰색 모자를 벗으면서 주위를 둘러보는 여인.

햇빛을 받아 눈부신 금발의 소유자인 그녀는 어깨에까지 길게 머리를 늘어뜨렸다. 눈은 에메랄드의 것과 비슷했고, 입술이 굉장히 얇았다. 이마가 조금 넓었는데, 오히려 그게 매력으로 돋보이는 미모.

빌어먹을 그녀.

내가 기억하는 그대로의 외모다.

"우리 꼬맹이, 안녕?"

그녀가 밝게 인사를 한다. 다른 사람들은 이 부드러운 미소
가 그녀의 진정한 매력이라고 하지만, 내가 보기에는 상당히
거만한 미소였다. 남을 은연중에 깔아뭉개고 있는 듯한 미소
랄까?

"……."

동급생들의 시선이 모두 내게 쏠렸다.

새로운 강사라는, 아니, 이 세상에서 가장 유명한 검사 중
한 명에 속하는 그녀가 내게 인사를 해오니 모두 놀란 것이
다.

특히 뱁새눈은 샘이 나 죽겠는지, 아주 분통해 죽겠다는 듯
한 얼굴이었다.

"에휴~"

나는 그런 시샘에 가득 찬 눈을 받고 뿌듯하기보다는 오히
려 가슴이 답답했다.

파티광에 남자면 사족을 못 쓰는 그녀가 이런 지루하기 짝
이 없는 요하네스의 강사 직을 수락한 유일한 이유, 그건 아
마 내가 아닐까.

그때 그녀는 이마를 짚었다.

"아, 내 정신 좀 봐. 여러분, 안녕하세요. 순백의 검사, 제노윈 시세노가 인사 드려요."

시세노는 그녀가 검사 직을 받았을 때 황제가 지어준 성이었다.

평민들은 그쪽에 귀가 어두우니 잘 모르겠지만, 그녀의 원래 성은······.

"···본래의 이름, 제노윈 아신으로 불리기도 한답니다."

"······."

그렇다.

아신.

일남일녀의 장녀.

제노윈 아신.

아버지가 블랙 나이츠의 부단장 자리를 권유했지만 일말의 망설임없이 거절한 그녀.

그것도 복장이 칙칙한 검은색이란, 고작 그 이유 하나로 거절한 희대의 괴짜.

'빌어먹을.'

4

괴짜노처녀는 자기소개를 하고는 다른 이들의 이름을 물어보았다.

그것으로 끝이었다.

우리를 바로 어둠의 숲으로 이끌고 들어갔다. 무엇이 있는지 아무도 모른다는 어둠의 숲.

끄으으.

빌어먹을 나무 소리는 아직도 기분이 나쁘다.

괴짜노처녀는 코베를 시켜 말을 마구간에 데려다 놓고는 우리와 같이 걸어가고 있었다. 동급생들은 모두 그녀를 한 번 쳐다보고는 나를 봤다.

그리고는 한숨을 푹 쉬면서 고개를 절레절레 흔들었다.

"……."

벌써 30여 분째 저런다.

슬슬 신경이 쓰인다.

그때 괴짜노처녀가 입을 가린 채 웃으면서 입을 열었다.

"우리 꼬맹이랑 저랑 많이 닮았죠? 예전에는 그렇게도 철이 없었는데 이제는 이렇게 검술 기관에도 열심히 다니고, 정말 점점 날 닮아가 조금씩 성실해지나 봐요. 호호호."

"……."

기가 차서 헛웃음도 나오지 않았다.

'내가 널 닮았으면 이미 정복한 여자를 쌓아서 요하네스보

다도 더 큰 성을 지었어! 아니, 땅에 심어서 어둠의 숲을 지었겠다.'

물론 절대로 내뱉지는 않는다.

저렇게 사람 좋은 모습은 절대 오래가지 않는다. 그녀의 괴짜 성격을 살살 자극하면, 이 세상 최악의 악마를 일깨우는 것과 다름없었다.

나는 혼자서 투덜투덜거리면서 걸었다.

"도대체 어디로 가는 거야!"

동급생들이 '성실? 말도 안 돼!' 라는 얼굴로 나를 보는 게 지겨워 괴짜노처녀에게 물었다.

어둠의 숲은 거기가 거기 같아서 빙글빙글 돌고 있다는 느낌을 지우기 힘들었다.

괴짜노처녀는 은은한 미소를 지었다.

"이제 다 왔어요."

유난히 나무가 듬성듬성 심어져 있는 부분에 다다르자 일행이 멈췄다.

거기에는 6개의 배낭이 있었다. 그것이 얼마나 큰지 넓적얼굴의 상체 크기와 비슷했다.

그것들을 보는 즉시 나는 무엇인가 불길한 느낌을 받았다.

나, 착한몸매, 깐깐안경, 주먹코, 뱁새눈, 넓적얼굴.

6명.

배낭도 6개.

온몸이 뻣뻣하게 굳어갔다.

"저거, 혹시 우리 거냐?"

괴짜노처녀는 대답하는 대신에 활짝 웃었다.

성질 같아서는 한 대 때려주고 싶었지만, 그녀의 성격상 받은 건 정확하게 100배로 갚는다는 신조가 무서워 참을 수밖에 없었다.

우리는 멍하니 그녀를 바라봤다. 그리고 분명 아마 동시에 한 가지 생각이 들었을 것이다.

다시 물었다.

"이거 어째, 하루 만에 끝나는 과정이 아닌 불길한 느낌이 드는데?"

그러자 괴짜노처녀가 내 옆으로 다가왔다. 나는 흠칫 놀라며 내가 무엇을 잘못했는지 곰곰이 따져 보았다.

그녀는 나를 때리지 않고 대신 머리를 쓰다듬어 주었다.

온몸의 털이 쭈뼛쭈뼛 서는 느낌이었지만, 그래도 얻어맞지 않은 게 어딘가.

"맞았어! 우리 꼬맹이 굉장히 똑똑해졌네! 요하네스에서는 원숭이 두뇌를 사람의 것으로 진화시켜 주나 봐! 정말 좋은 학교야."

"……."

나왔다.

그녀의 특기.

웃으면서 비꼬기.

나는 푸하하, 호호호, 하고 미친 듯이 웃는 동급생들을 노려봤지만, 별 효력이 없었다.

"자, 그럼 각자 배낭을 하나씩 메세요. 지금서부터 제가 하는 말을 잘 들으시는 게 도움이 될 거예요."

힘없이 터덜터덜 걸어가 배낭을 하나 집어 들었다.

"윽."

적어도 등에 메고자 시도를 하기는 했다.

"뭐가 이렇게 무거워!"

배낭에 무엇이 그렇게 들었는지, 팔이 빠지는 줄 알았다. 간신히 등에 메는데, 이제는 어깨가 빠지려고 아주 환장을 한다.

괴짜노처녀는 무엇이 그렇게 즐거운지 미소를 잃지 않았다.

"여러분은 이제 이 어둠의 숲에서 며칠을 보낼 것입니다. 노숙에 필요한 장비는 모두 그 배낭 속에 있으며, 음식은 간단한 육포와 물 몇 병을 제외하고는 조금도 없습니다. 그러니 사냥을 하셔야 합니다."

"……."

우리는 누가 먼저라고 할 것 없이 일제히 주위를 둘러보았다.

어둠의 숲.

그러고 보면 저번에도 이 일행으로 이곳을 헤맨 적이 있었다.

"……."

그렇게 좋은 추억은 아니었다.

그리고 앞으로도 좋은 추억이 생길 것 같지는 않다.

"어둠의 숲에서 노숙이라니! 제정신이야? 그것도 며칠 동안!"

"흐음, 정확하게 날짜가 잡혀 있는 건 아닙니다. 하지만 여러분이 목표를 달성하면 바로 이 숲에서 벗어나실 수 있습니다. 이 노숙의 목표는 아주 간단합니다. 여러분은 모두 6개의 반지를 찾아야 합니다. 빨강, 주황, 노랑, 초록, 파랑, 보라색의 반지입니다."

"……."

거기까지 들어도 벌써 이 일이 얼마나 단순하면서도 복잡하고, 사람 짜증나게 할지 상상이 갔다.

도대체 이 어둠의 숲은 우리와 악연만 만들어질 운명인가 보다.

괴짜노처녀의 말이 이어졌다.

그것도 한참.

"여러분의 시작점은 모두 다를 것입니다. 시작점을 표시하는 지도가 하나, 그리고 반지의 위치를 나타내는 지도가 하나입니다. 시작점에 도착하기 전에 반지의 위치를 나타내는 지도를 펼치시면 벌칙으로 하루 늦게 시작할 것입니다. 물론 이 일에 투입된 상급생들이 감시를 해줄 것입니다. 곳곳에 있을 테니 꼭 시작점에서 규칙대로 잘 수행해 주시기 바랍니다. 여러분은 각자 다른 한 반지를 두 개 받을 것입니다. 중간에 만나는 사람과 하나씩 교환을 할 수도 있습니다."

한 가지 불안한 예감이 뇌리를 스쳤다.

"혹시, 남의 반지를 뺏을 수도 있는 거냐?"

괴짜노처녀의 미소가 짙어졌다.

"그럼요. '그 어떤' 방법도 용납됩니다. 물론 살인은 안 됩니다. 그 이외에 뼈를 부러뜨리거나 힘줄을 끊어버리는 행위는 뭐, 괜찮겠지요."

"……."

난 한 가지 사실을 잊고 있었다.

괴짜노처녀의 성격 중에는 잔혹함과 난폭함 역시 포함되어 있었다.

"정말이냐?"

요하네스에서 엄금하는 게 하나 있었는데, 그건 바로 학생 간의 물리적 다툼이었다.

물론 피가 끓는 나이이다 보니 가끔 그런 일이 일어나기는 했지만, 그로 인한 벌은 그야말로 지옥을 연상케 하는 것이었다.

그래서 대부분 그런 걸 피하곤 한다.

하지만 괴짜노처녀는 그것을 부추기고 있었다. 사실 따지고 보면 서로 치고받고 싸우느니 반지를 교환하기도 하고, 같이 만나 돌아다녀서 반지를 찾는 게 더 쉽고 수월할 수도 있다.

그러니까 꼭 싸울 필요는 없는 셈이다.

괴짜노처녀는 그런 내 생각을 읽었을까.

"지도에는 어떤 반지가 있는지는 가르쳐 주지 않습니다. 오로지 반지가 있다는 것을 알 수 있을 뿐, 어떤 색이 있는지 모르죠. 아참, 가장 중요한 건 가장 먼저 반지를 모두 모은 사람만 벌칙이 없습니다."

"…벌칙?"

대충대충, 설렁설렁 하면 어떻게든 되겠다는 생각을 하던 내게 청천벽력과도 같은 소리였다.

"그렇습니다. 게임에는 벌칙이 있어야 재밌지 않겠어요? 가장 먼저 반지를 모두 모은 사람은 요하네스에서 며칠을 편히 쉴 수 있지만, 두 번째로 들어온 사람은 할당된 양의 체력 단련을 할 것입니다. 그 어떤 자비도 없을 것입니다. 맨손으로 암벽 등반, 팔굽혀펴기 1,000회를 한 후에 윗몸 일으키기 2,000회에다 나중에는 30kg을 등에 메고 팔굽혀펴기 2,000회를 할 것이고, 양쪽 발목에 20kg씩 매달고 100km를 뛸 것입니다. 1회, 1m라도 모자라면 횟수를 배로 늘릴 것입니다."

"……."

나를 비롯한 동급생들의 입이 벌어져 땅에 닿았다.

나는 이 세상에서 가장 지독한 지옥 훈련은 뻣뻣대마왕의 것이라고 감히 확신했다.

하지만 지금 내 앞의 괴짜노처녀의 말을 들어보니까 뻣뻣대마왕은 사실 천국의 문지기였다.

"말도 안 돼! 거짓말하지 마!"

괴짜노처녀의 미소는 한없이 짙어졌다. 천 년산 마녀의 음흉한 미소는 분명 그녀의 것과 똑같으리라.

"제임스 교수님께서도 승인하셨고, 그 횟수를 세는 데 상급생들을 마음대로 쓸 수 있다고 하셨습니다. 그리고 그건 겨우 2번째 들어온 사람의 몫입니다. 그 이후 들어온 사람은 그 양의 2배, 그다음은 3배, 4배, 이런 식으로 마지막으로 들어오는 사람은 맨손으로 암벽 등반, 팔굽혀펴기 5,000회, 윗몸일으키기 10,000회, 30kg 등에 메고 팔굽혀펴기 10,000회, 양쪽 발목에 20㎏을 매달고 500㎞를 뛸 것입니다. 당연하지만 그 전에 들어오는 사람들은 마지막 사람이 그 양을 다할 때까지 쉴 수 있습니다.”

“…….”

모두의 몸이 일제히 휘청거렸다.

“…….”

잠시 패닉 상태.

그 누구도 말을 꺼낼 수가 없었다.

우승자가 아무런 상품도 없다는 사실에 뭐라고 좀 해볼까 싶었는데, 이제 보니까 일확천금보다도 더 값진 보상이 아니던가!

한 명의 차이로 천국과 지옥이 나뉜다.

2, 3위도 마찬가지다.

절반, 무려 절반이다.

3, 4위도 마찬가지다. 2배와 3배의 차이다.

그리고 꼴찌.

5위를 한다 해도 6위는 무조건 면해야 한다.

왜냐하면 아주 불길한 느낌이 들었기 때문이다.

나는 물어보고 싶지 않았지만 어째 물어보지 않으면 평생 후회할지도 모른다는 생각이 들었다.

“그리고 꼴찌가 그 할당된 양을 모두 다 하면, 다시 바로 그

날부터 수련에 들어가는 건가? 단 하루도 쉬지 않고?"

"……"

내 말에 동급생들은 소름이 돋았는지 몸을 부르르 떨었다.

내가 말해놓고도 상상을 해보니 끔찍했다

죽음이다, 죽음.

심각하게 자살을 생각해 볼 만한 그런 일이었다.

다행히도 괴짜노처녀는 고개를 절레절레 흔들며, '무슨 얼토당토않는 소리?' 라는 얼굴로 말했다.

"에이, 전 그렇게까지 하지 않습니다. 어떻게 그렇게 많은 양을 운동하고 바로 수련을 할 수 있겠어요?"

"휴우~"

모두가 안도의 한숨을 쉬었다.

물론 분명 모두가 꼴찌만은 안 하겠다는 생각을 하고 있겠지만, 그래도 사람의 일은 모르는 것. 그 양을 다한다고 해도 쉰다고 하니 다행이다.

"…하루 정도는 당연히 쉬게 해드리죠. 24시간 후에 다시 수련에 들어갈 거예요. 그때부터는 제임스 교수님이 특별히 준비하신 과정이 있다고 하시더라고요. 꽤 흥분되죠?"

"……"

나는 결심했다.

다른 놈들도 크게 다르지 않을 것이다.

아니, 놈들의 살기 뚝뚝 떨어지는 얼굴을 보니 분명 똑같은 생각을 하고 있다.

무슨 일이 있어도, 그 어떤 방법을 써서라도, 꼭, 꼭, 꼭! 1위로 들어온다.

괴짜노처녀는 그런 우리의 얼굴을 보고는 만족스럽다는 듯 입을 열었다.

"자아, 더 많은 것이 숨겨져 있지만 기본적인 룰은 그렇습니다. 모두 지도를 꺼내보세요. 묶여 있는 지도 말고, 접혀 있는 지도를 꺼내 시작점을 확인하세요. 반지 두 개는 다른 쪽 주머니에 있습니다. 무조건 시작점에서 꺼내보셔야 합니다. 아니면 하루가 지체되니까요."

"……."

처음에는 하루가 지체되는 것 가지고 그게 무슨 벌칙인가 싶었다.

하지만 그건 생사가 달린 벌칙이었다.

차라리 때려주거나 다리를 분질러 버린다는 게 나을 것이다.

그 조급함.

분명 사람을 미치게 할 것이다.

"아, 참고로 2인 1조입니다. 물론 시작점에 가서 따로 하겠다고 하시면 조를 깨셔도 됩니다. 다른 조에 붙으셔도 되겠죠? 물론 받아준다면 말이죠. 큰 규칙을 제외하고는 그 외의 응용 방법은 모두 가능하니 알아서들 머리 쓰시기 바랍니다. 하지만 2인 1조가 각 반지를 찾는 데 도움이 될 겁니다. 시간도 많이 절약할 수 있고요. 그러면 각자의 팀원을 찾아서 반지 6개를 다 모으세요. 며칠이 걸릴지는 여러분에게 달려 있습니다."

"……."

설명을 들을 뿐이다.

검이 오고 가는 그런 순간이 아니란 말이다.

그런데 마치 그런 것처럼 긴장감이 느껴진다. 벌써 땀에 손이 젖었고, 호흡이 거칠어졌다. 괴짜노처녀가 지시만 내리면 바로 뛰어갈 준비가 되어 있었다.

"명심해야 할 것은, 각 반지는 굉장히 멀리 떨어져 있습니다. 그러니까 체력 관리가 가장 중요합니다. 가는 데 체력이 떨어지면? 그때 누군가와 만나게 된다면? 상대에게 반지를 금방 빼앗기겠죠?"

"……!"

이제 새삼 살인 이외에는 그 어떤 방법으로도 상대에게서 반지를 빼앗는 게 가능하다는 것이 무슨 의미인지 알 수 있었다.

"……."

이건 아주 위험한 게임이다.

팀원을 제외하고는 그 누구도 믿을 수 없는 게임.

벌써부터 숨이 막힌다.

다시 괴짜노처녀의 말이 이어졌다.

"아참, 중요한 건, 반지는 각자 6개씩 모아야 합니다. 같이 모으는 게 아니죠. 서로 합의하에 반지를 나눌 수도 있고 빼앗을 수도 있겠지만, 그렇게 되면 다른 팀원들에게만 좋겠죠? 중간에 싸우고 있는 팀원들을 덮치면 그들이 가진 반지를 모두 빼앗을 수 있으니까요."

"……."

아무도 믿을 수 없다.

팀원을 믿어야 하지만, 인간의 본능상 그런 게 쉽지 않을 것이다.

적당히 가까우면서도 적당한 거리를 둔다.

"……."

미치겠다.

엄청난 스트레스.

"머리를 많이 써야 할 거예요. 경쟁 속에서 누구를 믿어야 하고 누구를 믿으면 안 되는지, 어떻게 하면 상대에게서 자신이 원하는 걸 얻어낼 수 있는지, 기브 앤 테이크의 기본적인 개념 등 아주 많은 것을 배우실 수 있을 겁니다."

그녀가 뭐라고 계속 이야기를 하고는 있었다. 하지만 이상하게도 내게는 들리지 않았다.

'뼈를 부러뜨려도 된다고 했던가? 일단 다른 팀을 만나면 무조건 중상을 입혀야지. 하지만 그것도 효율적으로 해야 돼. 괜히 다른 팀이 끼어들게 되면 그놈들만 좋으니까. 그리고 가급적이면 팀원이랑 잘 맞으면 좋겠지. 괜히 서로 싸우면 좋은 거 하나 없으니까.'

내가 그녀의 말을 들었을 때는…….

"…시작입니다."

우리는 재빨리 팀을 확인하고는 시작점을 향해 전력 질주했다.

내가 지금까지 무엇엔가 이렇게까지 매달린 적이 있었나?

그건 중요하지 않았다.

1등이 중요할 뿐.

그렇게 정신없이 뛰고 있었을 때였다.

한 가지 생각이 뇌리에 꽂혔다.

'공동 1위에 대한 말이 없었어. 분명 1, 2, 3, 4, 5, 6위. 그렇다면 팀원이랑도 경쟁을 해야 한단 말인가?'

"……."

반지가 각 지도에 표시되어 있는 곳에서 2개씩 있으면 아무런 문제가 없지만, 분명 괴짜노처녀는 하나씩 있다고 했다.

무슨 색인지도 모른다.

"......."

언젠가는 팀원을 배신해야 할 때가 올 것이다.

5

내 파트너는 놀랍게도 착한몸매였다. 다른 팀을 얼핏 보니 깐깐안경과 주먹코, 넓적얼굴과 뱁새눈이었다. 넓적얼굴과 뱁새눈은 별로 걱정이 안 되는데, 깐깐안경과 주먹코는 굉장히 위험한 상대였다.

깐깐안경은 굉장히 똑똑했다. 그녀의 머리에 주먹코의 힘.

주먹코는 분명 깐깐안경의 말을 잘 들을 것이다. 그녀가 시키는 대로만 하면 어느 정도 괜찮은 성적을 얻을 것이라는 사실을 분명 그는 너무도 잘 알고 있었다.

그러니까 찰떡궁합이다.

하늘이 맺어준 인연.

난 벌써 머리가 아픈데, 깐깐안경은 이미 이야기를 들으면서 계획을 짰겠지.

"으아!"

나는 지도를 보았다. 괴짜노처녀의 말대로 각 반지의 거리는 멀었다.

굉장히 멀었다.

축적된 정도에 맞춰 거리를 계산하니, 각 반지가 떨어진 길이는 족히 10㎞. 그것도 가장 가까운 것끼리의 거리였으니.

게다 평지면 어느 정도 해볼 만한데, 어떤 반지들은 그 사이에 산이 막혀 있다. 안 그래도 숲에서의 체력 소모는 막대한데, 산까지…….

이것만으로도 충분한 체력 단련이 될 것이다.

아니, 이 더럽게 이상한 게임을 끝내고 나면 우리는 모두 요하네스 최고의 육체미를 자랑하겠지.

"어디부터 갈까?"

착한몸매의 사근사근한 목소리도 지금은 달콤하지 않았다. 그녀의 몸매? 눈에 들어오지도 않는다. 오로지 지도. 지도로 가장 좋은 경로를 찾아야 한다.

"무작정 가장 편한 길로, 그리고 짧은 길로 6군데를 들르면 안 되는 게, 각 지점에 어떤 반지가 있는지도 모르고, 괜히 있는 것만 찾으면 또 일이 복잡해지고……."

머리가 점점 아파온다. 내가 가진 반지 색은 빨간색이다. 빨간색 반지 두 개. 착한몸매가 가진 반지는 주황색. 우리는 사이좋게 하나씩 서로에게 나누어 주었다.

반지를 4개나 더 찾아야 했다.

"일단 가장 가까운 곳으로 가자. 그게 낫지 않을까?"

나는 묵묵히 고개를 끄덕였다.

처음서부터 끝까지의 경로를 정하는 건 불가능했다. 그리고 상대의 팀이 어디에 있는지도 모르는데 무작정 경로대로 가기보다는, 주위에 신경을 쓰면서 누군가의 기척이 느껴지지 않나 조심히 살피면서 가는 게 낫다. 그리고 정작 그 지점에 도착을 해야 반지가 무슨 색인지 알 수가 있으니, 계획이라는 것 자체를 무색하게 만드는 게임이었다.

인정하기는 싫지만 정말 괴짜노처녀는 머리가 아주 잘 돌아갔다.

"가자."

나는 지도와 나침반을 들고는 지도를 따라 가장 가까운 반지의 지점을 향했다.

"이번에는 지도를 바로 들었어?"

농담조로 물어보는 착한몸매.

저번 1단계 때 어둠의 숲에서 헤맸던 기억이 새삼 떠올랐다.

지도를 거꾸로 들었었지.

"걱정 마!"

착한몸매는 피식 웃었다.

우리의 분위기는 생각보다 좋았다. 분명 그녀도 나를 믿기 힘들 것이다. 착한몸매 역시 머리가 굉장히 좋으니, 이 게임의 특성상 그 누구도 믿을 수 없다는 사실을 이미 알고 있겠지.

그런데도 그녀는 분위기를 가볍게 하고 있었다.

하지만 오히려 그럴수록 내 마음은 무거웠다. 앞으로 있을 상황들.

어느 시점에선가는 그녀를 배신할 수밖에 없는 시나리오가 나온다.

'…….'

일단은 생각하지 않기로 했다.

갈 길이 멀다.

며칠이 걸릴지 아무도 모른다. 이미 그 지점에 갔는데 다른 팀이 먼저 도착해 반지가 없을 수도 있고, 또 중간에 만나 신경전을 벌일 수도 있다.

"응?"

지도를 보고 있다가 요상한 점이 하나 있다는 사실을 알 수 있었다.

"협상의 장소?"

지도의 한중간에 찍혀 있는 점이었다. 나는 배낭에 있는 룰 북을 꺼내었다. 룰 북이라고 해봐야 열 장도 안 되는 작은 종이의 묶음이었다.

협상의 장소를 찾았다.

"같은 색의 반지가 많을 때에는 다른 팀과의 신사적인 협상을 위해서 그곳에서 만날 수 있다. 협상의 장소에서는 칼부림이 불가능. 배치된 상급생에 의해서 합의된 반지 거래만 있을 수 있다?"

괴짜노처녀가 이 일에 얼마나 신경을 썼는지 알 수 있었다.

'협상의 장소에서만 칼부림이 불가능하다고 했지?'

그 사실을 기억하면서 나는 점점 더 숲의 깊숙한 부근으로 다가갔다.

착한몸매는 계속해서 농담을 했다.

아직까지는.

아직까지는 아무런 문제도 없었다.

6

우리는 하루 동안 3개의 반지를 찾을 수 있었다. 점심에서부터 해가 질 때까지 겨우 3개밖에 찾을 수 없었다. 각각의 거리는 굉장히 길었다.

동굴, 나무 밑의 땅, 덤불 아래.

우리는 각자의 곳에서 하나의 상자를 발견할 수 있었다. 상자는 바닥에 동여매어져 있었고, 그 속에는 하나의 색을 가진 반지가 들어 있었다.

오로지 반지만 챙길 수 있었다.

아마 다른 곳에 반지가 없다는 걸 확인하기 위해 상자 안에 집어 넣었나 보다. 상자를 못 찾으면 그건 우리가 원하는 장소가 아니고, 상자가 비어 있으면 다른 상대가 먼저 이곳에 왔다 갔다는 사실을 알 수 있을 것이다.

단순한 장치이지만 그만큼 머리를 복잡하게 하는 것들이었다.

왜냐하면 누군가 먼저 반지를 빼내갔다면 분명 이곳을 지나갔다는 뜻이고, 시간을 따져 보면 그렇게 멀지 않은 곳에 있을 확률도 있다는 말이었다. 뿐만 아니라, 재수가 나쁘면 우리가 그들이 간 경로를 따라가게 되어 계속해서 빈 상자만 쫓게 될 수도 있다.

어찌 되었든 첫 번째 날인만큼 우리는 허탕을 치는 일이 없었다.

각각의 시작점이 굉장히 먼가 보다.

아마도 정확하게 숲을 3등분해서 그 3등분의 중간쯤이 각자의 시작점이라고 생각하면 될 것이다.

"어떻게 나누지?"

우리가 찾은 반지는 빨간색, 노란색, 초록색이었다. 이미 빨간색은 있었다. 사실 이건 나누는 의미가 없었다. 하지만 노란색, 초록색은 우리가 없는 색이다. 한 사람이 가지면 총 4개의 반지를 모은 것이다. 하지만 나누면 3개. 앞으로 또 어떤 색이 나올는지 모르니 이걸 어떻게 나눠야 할지 굉장히 애매했다.

착한몸매는 별로 고민하지 않았다.

"빨간색은 나중에 협상용으로 쓰면 되니까 공용이라고 하고…… 나머지는 어떻게 나눠도 똑같잖아? 그냥 하나씩 가져. 나중에 나오는 반지들은, 그 색 없는 사람이 가지면 되고."

나중에 가면 슬슬 문제가 생기겠지만 지금 당장에는 문제가 없었다.

나는 노란색을 가졌고, 착한몸매는 초록색을 가졌다.

타다다닥.

나와 착한몸매는 멍하니 모닥불을 바라봤다. 아까 간신히 잡은 토끼 한 마리가 꼬치에 걸려 익고 있었다. 밤이 깊을 때까지 우리는 육포와 물만으로 버텼고, 더 이상 이동이 불가능하다 여겨 겨우 사냥하고는 자리를 잡았다. 우리는 그 주위로 펼쳐 놓은 배낭 속의 침낭 속에 기어들어 가 온기를 유지했다.

한창 봄이기에 낮에는 따뜻하긴 했지만, 어둠의 숲이 많은 햇빛을 차단하기 때문에 조금은 으슬으슬했다. 그리고 밤에는 확실히 추웠다.

"후우~"

온몸이 뻐근하다.

하루 종일 걸어다녔다. 처음 2개의 반지를 찾았을 때는 그래도 안심하고 다녔지만, 3번째 반지를 찾을 때는 다른 이들을 만나지는 않을까 싶어 조심해야 했다. 어지간하면 초반인만큼 부딪치지 않는 게 좋지만, 다른 이들도 그렇게 생각하는지는 알 수 없었다.

"잘 자."

"그래, 잘 자."

내일도 고달픈 하루가 될 것이 분명하다.

7

어둠의 숲에 들어온 지 어언 3일. 제대로 씻지를 못해 나랑 착한몸매의 꼴은 말이 아니었다. 밥도 제대로 못 먹어 초췌하기도 했다.

별 진전이 없었다.

텅 빈 상자를 이틀간 한 번씩, 두 차례나 발견했다. 텅 빈 상자를 봤을 때! 그때의 감정은 정말 말로 표현할 수 없을 정도로 끔찍했다.

두 다리의 힘이 풀리고, 더 이상 한 발자국도 나아갈 수 없을 정도로 의욕이 상실된다.

게다 3차례는 이미 있는 색의 반지가 나왔다. 내가 이미 있는 노란색이 나와서 그건 착한몸매에게 주어야 했다. 하필이면 내가 첫날 노란색을 선택해서 그녀는 4개의 반지를 가지게 되었다.

다행히 그다음에 나온 파란색 반지는 내가 가질 수 있게 되어 나랑 그녀는 똑같은 수의 반지를 가질 수 있었다. 아마 이때부터 나와 착한몸매 사이에 묘한 기류가 흐르기 시작한 것 같다.

내가 가진 반지의 색은 빨강, 주황, 노랑, 파랑이었다.

착한몸매는 빨강, 주황, 노랑, 초록이었다.

만약 내가 착한몸매의 초록색을 가지면 빨강, 주황, 노랑, 파랑, 초록으로 총 5가지의 색을 가지게 된다. 그리고 딱 하나의 반지만 얻으면 바로 이 지옥 같은 곳에서 탈출할 수 있다는 말이다.

반대로 착한몸매가 내 파랑색을 가지면 빨강, 주황, 노랑, 초록, 파랑으로 5가지의 색을 가지게 된다.

그야말로 끝이 보인다.

사실 마지막 남은 1가지 색은 분명히 얻기 어려울 것이다. 우리에게 남는 반지를 가져다가 협상의 장소에서 기다리고 있으면, 어쩌면 마지막 하나의 반지를 쉽게 얻을 수도 있을 것이다.

그러니까 서로가 필요 없어진다는 말이다. 동굴에 들어갈 때 밧줄을 잡아주는 사람이 필요하고, 특정 수풀에 가려고 하면 누군가가 목마를 태워줘서 큰 벽과도 같은 것을 넘어가야 한다.

각 상자가 숨겨져 있는 곳에 가기 위해서는 꼭 두 사람이 필요한 건 아니지만 확실히 두 사람의 도움이 있으면 쉽게 도착할 수 있는, 그런 장애물이 있었다.

하지만 협상의 장소에서는 서로가 필요 없다.

어쩌면 협상의 장소 바깥에서 적 팀 두 명이 달려들 수도 있다. 하지만 적절한 거짓말과 어느 정도의 운이 작용하면 혼자서 나머지 하나의 반지를 빼돌리는 게 불가능하지는 않을 것이다.

이때부터 우리의 유혹은 시작되었다.

굉장히 강렬한 유혹.

우리가 지금 공용으로 놔두고 있는 반지는 빨간색 반지 두 개, 주황색 반지 하나였다.

이상하게도 빨간색이랑 주황색만이 겹치게 나왔다. 우리에게 이미 배당되었던 반지였는데 말이다.

모르긴 몰라도 괴짜노처녀가 일부러 시작점의 가까운 부

근에 겹치는 색을 많이 놨을 것이다. 그래야 그 협상의 장소가 어느 정도 역할을 할 테니 말이다.

"꿍차."

지도를 자세히 살펴보면 어떤 바위 너머에서 반지를 찾을 수 있다고 한다.

해가 졌지만 우리는 작은 횃불을 만들어 늦게까지 반지를 찾고 있었다. 남들이 쉴 때 하나라도 더 찾아야 보다 높은 순위로 들어갈 수 있지 않겠나.

착한몸매는 나를 밟고 거대한 바위 위로 올라갔다.

"찾았어?"

너무 높아 내 시야로는 닿지 않는 부근의 착한몸매.

내 물음에도 착한몸매는 한참 동안이나 대답을 하지 않았다.

"야! 뭐 해?"

뭔가 부스럭대는 소리는 들리는데 그녀는 아무런 대답을 하지 않는다.

슬슬 걱정이 되기 시작했다.

바위가 워낙에 평평하여 위로 기어오를 수도 없고, 까치발을 들어도 어림없다.

거기에서 그녀가 무엇을 해도 나는 모른다는 말이다.

"착한몸매!"

"…어!"

뒤늦게 그녀의 대답이 들렸다.

"반지 찾았어?"

탁.

그녀는 대답을 먼저 하기보다는 단번에 그 높은 바위에서 바닥으로 뛰어 내려왔다.

착한몸매는 미소를 짓고 있었다.

그녀는 내게 반지를 내밀었다.

일단 모은 반지들은 모두 내가 갖고 있었다. 그리고 자리를 잡아 자기 전에 분배한다. 그렇게 해야 하나 찾고, 그것 때문에 다퉈서 시간을 허비하는 일을 방지할 수 있기 때문이다.

"또 빨간색?"

한숨부터 나온다.

도대체 빨간색이란 무슨 원수를 졌단 말인가.

벌써 필요없는 빨간색이 세 개였다.

"에휴, 오늘은 그만 하고 모닥불이나 피우자. 착한몸매, 네가 사냥해 오면 내가 모닥불을 피우고 있을게."

"응."

그녀는 밝게 대답하고는 사라졌다.

딱! 딱!

배낭에서 미리 모아놓은 좋은 나뭇가지들을 바닥에 모아

놓고, 주위의 풀과 나뭇잎을 쓸어서 그 위에 얹었다. 그리고 부싯돌을 딱딱! 쳐 작은 스파크를 일으켰다. 삼십여 분 내내 붙잡고 있자 간신히 작은 불길이 일어났다.

"후우, 후우."

애써 만든 불길이니만큼 살살 바람을 불어 불길을 더욱 크게 만들었다.

타다닥.

처음이 어렵지, 일단 불이 붙으면 무섭게 번지기 시작한다.

나는 그 불을 멍하니 보면서 착한몸매가 왜 그런 행동을 했을까 궁금해졌다.

지금까지는 그런 적이 없었다.

일단 상자를 발견하면 기뻐서 '와! 상자다!' 라고 소리부터 지르던 그녀였다.

하지만 반지를 찾고 나서야 조용히 내려오다니.

무슨 심경의 변화가 있었을까?

'그나저나 빨간색이 또 나오다니.'

허탈했다.

저번 지점에서 가까운 지점이 두 곳이나 있었는데, 이곳이 아닌 그곳으로 갔으면 다른 색이 나오지 않았을까? 허탕 칠 필요도 없었을 테고.

"……."

빨간색이 너무도 많이 나온다는 생각을 하고 있는 가운데, 내가 만약 착한몸매였으면 그곳에서 주저했던 이유가 무엇이었을까?

무엇이 그녀를 망설이게 했을까?

분명 뭔가가 있었다.

'빨간색이어서 실망을 했을까?'

확실히 그랬을 법도 하다.

"……."

그때 문득 그녀의 미소가 떠올랐다. 반지를 건네주는 그녀는 미소를 띠고 있었다. 허탈한 감정을 나타내기보다는, 조금은 기쁜 얼굴.

물론 어렵게 반지를 찾았으니 조금은 기뻐하는 게 맞기는 했지만, 그래도 어렵게 찾은 만큼 우리가 없는 반지를 발견하지 못함에 대한 실망감이 더 크지 않았을까?

의문이었다.

생각하면 할수록 풀려야 하는데, 매듭은 오히려 더 꽉 매어져겼다.

"앗!"

그때 뇌리를 스치는 무시무시한 음모가 하나 있었다.

빨간색이 사실 너무 많이 나왔다. 재수가 더럽게 없다고 볼수도 있었다. 하지만 안 그래도 의심이 많아진 상태에서 머리를 돌려보면 다른 시나리오도 가능했다.

만약에 상자에서 나온 게 빨간색이 아니었다면.

"……."

마치 뇌에 전기가 그대로 내리꽂은 듯한 전율이 전신으로 퍼졌다.

충분히 가능했다.

그녀가 뜸들인 시간을 보면, 확실히 자신이 가지고 있던 반지와 바꿔치기가 가능했다.

우리가 공용으로 가지고 있는 반지는 나와 그녀가 나눠서 가지고 있었다. 빨간색은 하나씩 나눠 가졌고, 나머지 주황색은 내가 가지고 다녔다. 그리고 아직 분배하지 않은 빨간색도 내가 가지고 있었다.

어쨌든 착한몸매는 빨간색을 두 개 가지고 있어야 한다. 하지만 만약 내게 준 빨간색이 정말로 상자에서 나온 빨간색이 아니라 그녀가 가지고 있던 빨간색이라면?

충분히 가능했다.

"이런 비겁한!"

겨우 추리에 지나지 않았지만, 그것이 진리인지 아닌지는 쉽게 알 수 있었다.

그녀보고 빨간색 반지를 두 개 보여 달라고 하면 되는 것이다.

'그럼 그녀는 지금 각각 5개의 다른 반지를 가지고 있는 건 가?'

분명 바꿔치기 했다면 그럴 것이다.

5개.

'그렇다면 내 것을 빼앗으면 6개?'

우리는 각자에게 없던 색깔을 하나씩 가지고 있었다.

내가 가진 반지의 색은 빨강, 주황, 노랑, 파랑이었다.

착한몸매는 빨강, 주황, 노랑, 초록이었다.

만약에 그녀가 바꿔치기해서 몰래 빼돌린 색이 보라색이라고 해보자. 그녀는 빨강, 주황, 노랑, 초록, 보라, 이렇게 총 5개의 반지를 가지게 된다. 그리고 내 것인 파랑색을 빼돌리면 반지가 총 6개, 그대로 이 더러운 게임을 끝낼 수 있게 된다.

물론 그녀가 바꿔치기해 간 반지가 파랑색일 확률도 있다. 그 가능성을 배제할 수는 없다. 그렇다면 그녀는 여전히 5개의 반지를 가지게 되고, 내 것을 빼앗는다고 쳐도 나머지 하나의 반지를 찾아야 한다.

분명히 이 두 가지의 경우 중 하나다.

이미 그녀가 바꿔치기했다는 것을 사실로 믿었다. 아니더라도 최악의 상황은 항상 생각해야 한다.

어쨌든 후자일 가능성은 희박했다.

착한몸매는 머리가 굉장히 좋았다. 어차피 파랑색이면, 나는 그것을 그녀에게 건네줄 수밖에 없을 것이다. 왜냐하면 나는 이미 있는 색이기 때문이다. 만약 내가 그것을 그녀에게 주지 않는다면, 팀은 그때서부터 분열이 되는 것이다.

이런 게임의 특성상 팀이 분열되면 자기에게 이로울 것은 하나도 없다.

어떻게든 팀의 분열은 가장 마지막에 이뤄져야 한다. 다른 팀과 단 한 번도 충돌하지 않은 상황에서는 절대로 피해야 한다는 말이다.

그러니까 나는 배 아프지만 그녀에게 파랑색을 건네줬을 것이다.

착한몸매도 여기까지는 생각을 할 수 있을 것이다.

그렇다면 그녀가 얻은 색은 보라색이라고 봐야 했다. 그녀가 보라색을 얻었다면, 지금 착한몸매를 굉장히 위험한 상태라고 판단할 수 있다.

물론 착한몸매는 좋은 사람이다.

선과 악의 기로에서는 분명 선을 택할 그런 사람이란 말이다.

하지만 이건 경쟁이다.

선과 악이 존재하지 않는다.

오로지 그 중간만이 있을 뿐.

착한몸매는 여기서 나를 위한다기보다는 그녀 자신을 위한 선택을 할 것이 분명했다.

그렇다면 그녀의 머릿속에는 두 가지의 경우가 자리 잡고 있을 것이다.

나를 처리하여 마지막 반지를 얻을 것인가?

아니면 한동안은 일이 어떻게 돌아가는지 지켜볼 것인가?

만약 내일 파란색의 반지를 얻으면 그녀가 그것을 가져갈 수 있지 않을까? 시간을 다투는 경쟁이니만큼 오랫동안 붙어 있기는 힘들지만, 하루 정도는 마음을 여유롭게 가질 수도 있을 것이다.

'그래, 하루.'

나 같아도 하루 정도 기다려 본다. 만약 파란색 반지를 얻으면, 나는 그것을 그녀에게 줄 수밖에 없다. 이미 나에게는 그 반지가 있기 때문이다.

그렇게 되면 그녀는 그 어떤 피도 흘리지 않고 바로 이 숲을 빠져나가 확인받을 수 있겠지.

"흐음."

그러면 나는 어떻게 해야 하나.

일단은 그녀에게 빨간색 반지 두 개를 확인받을 수도 있다.

아마 그러면 착한몸매는 미안하다고 용서를 빌겠고, 나는 용서해 줄 수밖에 없을 것이다.

당연한 것이다.

하지만 그렇게 되면 우리는 서로를 불신할 수밖에 없다.

착한몸매는 자기가 불안해서라도 나를 계속해서 의심하려 들기도 하고, 틈만 나면 어떻게든 유리한 입장에 서려고 변칙을 쓸 가능성이 높다.

그건 피해야 했다.

항상 역사에서 보면 그 어떤 대단한 국가도 내전이 시작되면 무너지게 되어 있다.

내전은 피해야 했다.

안이 강해야 밖에서도 강하다.

물론 내가 이 사실을 알고 있는 한, 내전은 일어난다.

하지만 착한몸매는 모르는 내전이다. 나만 일방적으로 공격을 하는 내전.

나를 알고 적을 알면 백전백승이라고, 내가 그녀와 나에 대해서 더 자세히 알고 있기 때문에 결국에는 이길 수밖에 없는 게임을 하는 것이다.

나도 그녀처럼 반지를 바꿔치기 할 수 있다. 무리를 해서라도 내가 상자를 먼저 발견해야 하고, 그렇게 되면 어떻게든 내가 그녀와 동등해지거나 오히려 유리해지는 입장이 될 수도 있다.

"그래."

하루 정도의 여유.

그녀도 하루 정도는 조급해하지 않을 것이고, 나는 내일 하루의 수확물을 봐서 앞으로 어떻게 행동해야 할지 알 수 있겠지.

일이 꼬이면…….

'검을 들 수밖에 없는 거고.'

착한몸매는 훌륭한 학생이다.

하지만 나처럼 신검을 가지고 있지는 않다.

내 검은 최고다.

'그나저나 왜 이렇게 착한몸매가 늦지?'

물론 이 밤에 사냥을 하는 건 굉장히 어렵다. 하지만 낮에는 시간을 아끼기 바빠서 무조건 사냥은 하지 않았다. 실제로 어둠의 숲의 낮은 더욱 기괴한 탓에 어차피 어려워서 시도하지도 못했다.

하지만 너무 많은 시간이 흘렀다.

평상시였으면 그냥 늦나 보다라고 생각하겠지만, 일단 그녀를 의심하게 되어서인지 조금은 불길한 생각이 들기 시작했다.

'그러고 보니…….'

내가 잠시 잊고 있는 경우가 하나 있었다.

그녀도 지도가 있다. 이 야밤에 움직이면 확실히 다른 팀을 만날 확률이 낮다. 그리고 혼자서 다른 지점에서 반지를 획득하는 게 불가능하지도 않다. 원하는 남은 한 색이 나올 확률은 굉장히 적지만, 그래도 밤은 길다. 시도해 볼 가치가 없잖아 있다.

뿐만 아니라 밤 내내 원하는 반지를 얻지 못해도, 나중에 협상의 장소에서 기다릴 수도 있다. 다른 팀을 만날 확률이 그곳에서 가장 높기 때문이다. 어떻게든 협상에 성공을 하면?

물론 문제가 하나 있었다.

괴짜노처녀가 우리에게 경고를 했던 것처럼 야밤에는 야수들이 하나둘씩 깨어나기 때문에 모닥불을 피우지 않으면 접근할 확률이 높다.

말 그대로 목숨이 위험해진다.

과연 착한몸매는 그것을 선택할까?

"……."

그 방법을 선택하면 나는 큰일 난 것이다.

시간이 흐를수록 긴장이 되어갔고, 점점 조급해져만 갔다.

그때…….

부스럭.

"늦었지? 워낙에 안 보여서 말이야."

평상시와 다름없는 미소와 함께 착한몸매는 작은 멧돼지

를 잡아왔다. 멧돼지는 분명 토끼와는 차원이 다른 사냥감인데, 이런 귀한 걸 잡아오다니.

나는 그녀의 다리를 보면서 평상시와 다른 게 하나 있다는 걸 발견했다.

"멧돼지한테 찍혔어?"

그녀의 다리에 피멍이 들어 있었다. 피가 많이 흐른다기보다는, 걷는 게 굉장히 불편해 보였다.

"아? 어."

대수롭지 않게 머리를 긁적이며 대답하는 착한몸매를 보며 혀를 찼다.

"기다려 봐."

나는 당장 배낭을 뒤져 붕대와 약을 찾았다. 그리고는 그녀를 자리에 앉혀놓고 약을 정성스레 발라주었다. '끄응' 하고 신음 소리를 내는 게 꽤나 아픈 모양이다. 붕대로 상처까지 덮어주고는 멧돼지를 향해 걸어갔다.

항상 동물을 굽기 좋게 다듬는 건 착한몸매가 했다. 왜냐하면 그녀는 할 줄 알고, 나는 그런 걸 할 줄 몰랐기 때문이다.

하지만 그녀의 상태가 저러니만큼 오늘은 내가 하기로 마음먹었다.

몇 번 곁눈으로 본 적이 있기 때문에 그렇게 어렵지는 않을 거라는 생각에서.

"됐어. 내가 할게."

착한몸매는 애써 몸을 일으켜 다가왔다. 나는 황급히 일어나 다시 그녀를 자리에 앉혔다.

"미쳤어? 내일 움직일 힘이나 비축해. 오늘 뻗으면 내일 널 업고 다녀야 하는 사람이 누군데!"

"흐으, 당연히 너지!"

"허어, 그걸 당연하게 여겨? 널 버리고 갈 수도 있다는 거 몰라?"

"아악! 그러는 게 어디 있어! 네가 그러고도 남자야?!"

"후후, 그럼 여자냐?"

나는 어설프게 멧돼지의 살과 털을 분리했다. 싸구려 단검인지 잘 먹지를 않는다. 착한몸매는 그렇게도 쉽게 잘하던데…….

우리는 그렇게 멧돼지를 구워 먹으면서 농담도 하고, 재밌는 이야기도 했다.

밤이 깊어질수록 두 가지 생각이 내 뇌리를 지배했다.

착한몸매가 나를 배신할 리가 없다. 이렇게나 착한몸매다.

그리고 우리는 친하다.

1단계 내내 친했다.

같은 주몬이었으니까.

하지만 한편으로는 다른 생각도 들었다.

만약 그녀가 잠이 들었을 때 내가 그녀의 짐을 뒤져서 초록색과 보라색 반지를 훔친다면?

꼭 보라색 반지일 것이라는 확신은 없었지만, 그래도 한 번 시도해 볼 만한 가치가 있지 않은가.

만약 그녀가 중간에 일어난다 해도 재빨리 가지고 도망을 치면 그녀가 쫓아올 수 있을까?

"……."

나는 고개를 절레절레 흔들었다.

"잘 자~"

"너도."

침낭 깊숙이 파고들어 갔다.

점점 더 유혹이 강렬해져만 갔다. 시간이 흐르면 흐를수록 '그녀는 잤을까?', '일어나 볼까?'라는 생각에 잠을 이루기 힘들었다.

만약.

혹시?

머리가 복잡했다.

하지만 결국 나는 잠에 들었다.

8

4번째 날은 하루 종일 허탕만 쳤다. 하나의 반지도 나오지를 않았다. 4군데를 돌았음에도 불구하고!

나는 지도에 표시된 반지 지점들의 수를 세면서 굉장히 놀라운 사실을 하나 알 수 있었다.

총 24개의 지점밖에 없었다.

한 사람이 이 게임을 한다고 쳐보자. 그렇다면 한 지점에 하나의 색이 있다. 원래 시작을 할 때 각자 하나의 색을 주고 팀원에게 다른 색 하나를 주니, 일단 두 개를 가지고 시작한다. 그렇다면 6개를 맞추기 위해 4개의 지점을 돌아야 한다. 두 사람이 하면 8개의 지점을 돌아야 하고, 세 사람이 하면 12…… 계속해서 이런 식으로 늘어나야 한다. 여섯 사람이라면 24개의 지점이 있어야 한다는 결론이 나온다.

그런데 딱 24개의 지점이 있다.

그러니까 숫자가 딱 맞다. 한 사람이 반드시 다른 색깔의 반지를 하나씩만 찾아가야 아무런 탈 없이 경기가 딱 끝난다.

단순한 수학을 해보자.

24개의 지점에 세 팀이 돌고 있다.

그렇게 되면 각 팀은 8개의 반지를 찾는 게 평균적으로 맞다.

나와 착한몸매는 지금 8개의 반지를 찾았다. 그러니까 딱 평균에 맞았다. 우리가 계속해서 허탕을 치는 건 상대도 그쯤

찾았기 때문이다. 이 24개의 지점 중에 반지가 한두 개 정도가 더 있을지 모른다. 하지만 없을 확률이 훨씬 높다.

"……."

타다닥.

또다시 밤이 깊어간다.

오늘은 노루 고기를 구워 먹으면서 이런저런 생각을 정리하고 있었다.

하루를 더 기다려 본다고 했다.

분명 그녀도 그런 생각을 했겠지.

그런데 이렇게 되니 상황이 좋아진 것 없이 오히려 악화되기 시작했다.

인내심이 고갈되어 가는 것이다.

빨리 이 게임을 끝낼 수 있는 방법이 있다. 그리고 그 외의 방법은 시간이 꽤 걸릴 것으로 보인다. 다른 팀이 어떻게 하고 있는지 모르는 가운데, 이 이외의 방법을 선택하는 건 조금 무모하면서도 어리석은 것 같다.

나나 그녀나 이런 생각을 하고 있겠지.

"착한몸매?"

"응?"

침낭 속에서 잠을 청하고 있던 그녀가 대답을 한다. 어느새 그녀도 이제 내가 부르는 별명에 익숙해져 갔다.

"내일은 찾을 수 있겠지? 다른 팀이나 우리 팀이나 거의 다 돌았을 게 분명하지만, 저쪽에서도 그렇게 생각하고 일찍 포기해 버렸을 확률도 있잖아."

확실히 그렇다.

깐깐안경 팀이면 몰라도 넓적얼굴 팀이라면 충분히 가능했다.

허탕을 3번만 연속으로 쳐도 힘이 다 빠져나간다. 어차피 없을 거라는 생각에 포기하기 쉬웠다.

그러니까 끝까지 포기하지 않으면, 다른 이들이 찾지 못한 것을 우리가 발견할 수도 있다.

일이 어떻게 될지는 아무도 모른다.

하지만 만약 그렇게 재수가 더럽게 좋아서 2개를 찾는다고 해보자.

각자 하나씩 갖겠지.

만약 착한몸매가 계속해서 그녀가 반지 하나를 바꿔치기했다는 사실을 함구한다면, 우리는 결국에 다른 팀과 교류를 할 수밖에 없다.

다른 색깔의 반지가 겨우 5개씩이니까 말이다.

그리고 또 조심해야 되는 게, 내일 발견하는 반지 중에 파란색이 있을지도 모른다. 딱 착한몸매가 부족한 그 색 말이다.

물론 나는 그녀가 보라색을 빼돌렸다는 사실을 몰라야 하기 때문에 계속 모른 척을 해야 될 테고, 그녀는 어떻게든 도망을 치려 하겠지.

"⋯⋯."

또 머리가 복잡해졌다.

"그래, 꼭 찾겠지! 아니면 다른 팀한테 뺏을 수도 있고. 그런데 내일도 못 찾으며 그냥 협상의 장소로 가보자. 다른 팀도 포기하고 거기에서 기다릴 수도 있잖아. 앗!"

갑자기 착한몸매가 벌떡 일어났다.

나도 깜짝 놀라 같이 일어났다.

사실은 그녀가 도망치는 게 아닌가 싶어 침낭에서 빠져나와 그녀의 옆으로 다가간 게 맞았다.

"뭔데?"

지금까지 뭔가를 잊어버리고 있었다는 듯한 얼굴로 진지해 보이는 그녀.

착한몸매는 한참 동안 생각을 정리하다가 조심스럽게 입을 열었다.

"만약에 두 팀이 협상을 하고 있다면?"

"⋯⋯!"

그 경우를 생각하지 못했다.

만약 그들이 미리 협상을 하고 있다면? 그리고 서로가 없는 걸 채워주고 있다면? 4명 모두가 정확하게 다른 색의 24개의 반지를 가지고 있을 확률은 없다. 하지만 그들이 수집한 것들을 잘 조합해 보면 2명 정도는 이 게임을 끝낼 수 있을 정도는 될 것이다.

그렇다면 성질을 참지 못한 주먹코나 뱁새눈이 판을 엎어 칼부림을 할 확률이 있다.

그리고 승자 둘이 서로 치고받다가 멀쩡한 한 놈이 게임을 1위로!

"아아! 왜 그걸 생각 못했지!"

착한몸매와의 내전으로 인해 미처 더 크게 생각을 하지 못했다.

포기가 빠른 뱁새눈은 분명 넓적얼굴을 부추겨 협상의 장소로 갈 것이다.

주먹코 역시 포기가 빠르고, 어쩌면 깐깐안경은 이 점에 대해 생각을 했고, 멍청한 주먹코와 넓적얼굴을 이용해 먹으려고 일찌감치 포기했을 가능성이 있었다.

착한몸매도 나와 비슷한 생각을 하고 있는지 얼굴색이 급격히 변하고 있었다.

"우리가 내일 어디로 가야 할지는 정해졌군."

"협상의 장소!"

일단은 잠을 자야 했다.

사실 착한몸매의 뒤통수를 친다는 건 조금 꺼림칙했다. 비록 하나의 게임이지만, 결국에는 상대를 배신해야 된다는 말이다.

게임이 끝나고 나서도 우리는 서로 얼굴을 볼 사이이다.

그러니까 배신을 하면 나중에도 그 앙금이 계속 남아 껄끄러울 것이다.

차라리 다른 팀을 공격하거나 좋은 협상을 얻어내는 게 우리 둘 모두에게 이로웠다.

무엇보다 달리기는 내가 더 빠를 것이다. 멧돼지 녀석이 착한몸매의 다리를 보기 좋게(?) 피멍 들게 했으니 말이다.

"그럼 푹 쉬어."

"그래야지. 왠지 내일은 긴 하루가 될 것 같으니까."

"흐으."

그런데 칼부림을 하게 되는 사태가 되면 착한몸매가 제 역할을 잘 해낼 수 있을까?

"……."

어째 이것도 좋은 작전이 아니라는 생각을 지울 수가 없었다.

착한몸매를 포기하면 그녀의 주머니를 털어서 도망칠 수도 있는데…….

하지만 내가 그녀를 배신하면 그녀가 꼴찌로 들어갈 확률이 높았다.

그리고 괴짜노처녀의 무지막지한 훈련량을 착한몸매가 이겨낼 수 있을까?

차라리 내가 하는 게 낫지…… 는 않겠지만, 그래도 차라리 넓적얼굴이나 뱁새눈이 그런 개고생을 하는 게 더 나았다.

'그녀가 나를 배신하지 않는 한, 나도 그녀를 배신할 수는 없어.'

그래도 난 남자다.

그리고 착한몸매는 참으로 이상적인 외모의 여성이다.

음음.

9

한창 잠을 잘 자고 있을 때였다.

벌써 이 숲에서 4번이나 잠을 잔지라 이제 몸이 적응을 해서 숙면을 취할 수 있었다.

하지만 갑자기 본의 아니게 잠에서 깨어나야 했다.

"꺄아아!"

날카로운 비명 소리가 귓속을 농락했다. 누가 바늘로 귀를 마구 쑤시는 느낌.

인상을 팍 쓰며 자리에서 벌떡 일어났다.

하늘을 올려다보니 새벽녘 정도 된 것 같았다. 하지만 워낙에 어둠의 숲의 나무들이 크다 보니 주위는 거의 밤이나 다름 없었다.

그냥 주위가 희미하게 보일 정도? 모닥불도 그 기운을 다 해서 재밖에 남지를 않았다.

하지만 그래도 어느 정도 보이기는 해서 착한몸매가 저 멀리에서 어디론가 가고 있다는 걸 확인할 수 있었다.

그 모습을 보자 정신이 번쩍 들었다.

처음에 든 생각은 지금 그녀가 내 반지를 훔쳐서 도망가고 있는 게 아닌가 했다. 하지만 내 짐은 가지런히 잘 놓아져 있었고, 무엇보다도…… 내 반지는 침낭에 발이 있는 부분, 그러니까 그 끝에 있었다. 누군가가 훔쳐 가려면 내 짐을 다 뒤지는 건 물론, 침낭의 끝까지 뒤져야 해서 날 깨울 수밖에 없게 머리를 쓴 것이다.

물론 내 반지들은 멀쩡했다.

즉, 착한몸매가 저렇게 뛰고 있는 건 도망가기 위함이 아니란 말이었다.

그렇다면 왜?

안 그래도 발목이 아플 텐데 저렇게 억지로, 필사적으로 뛰고 있는 이유를 알 수가 없었다.

"휴우."

눈을 부비적거리면서 천천히 몸을 일깨웠다. 갑자기 뛰면 몸에 얼마나 안 좋은지 알고 있어서였다.

게다가 그냥 걸어도 착한몸매는 금방 따라잡을 수 있을 듯했다.

저 발목으로 어떻게 저렇게 멀리 갔는지……. 조금 지나서야 나는 그녀를 잡을 수 있었다.

"…착한몸매, 왜 뛰고 있어?"

여기까지 걸어나왔는 데도 여전히 졸리다.

착한몸매는 고통에 일그러진 표정으로 한참 동안이나 숨을 골랐다.

내가 붙잡고 나서야 뛰기를 멈췄으니…….

"누, 누가! 내 반지를 훔쳤어! 자, 자고 있는데 부스럭거리는 소리가 들려서 올려다보니 누군가가 짐을 뒤지고 있었고!"

"뭐?"

그녀의 말을 끊었다.

나는 황급히 주위를 둘러보았다.

하지만 그 누구의 인기척도 없었다. 너무 어두워 30m 이상은 보이지도 않았다. 착한몸매가 여기까지나 오는 시간에 분명 상대는 그보다 훨씬 멀리로 사라졌을 게 분명했다.

"그게 사실이야?!"

착한몸매는 바닥에 엎어져 대답도 못하고 눈물만을 흘리고 있었다.

얼마나 분통해하는지 그 감정이 내게도 전해지는 것 같았다.

"아나!"

나는 온갖 욕설이 입 밖으로 터져 나오려는 걸 꾹 눌러 참았다.

착한몸매가 요 모양 요 꼴이 될까 봐 내가 일부러 안 한 짓을 다른 사람이 했다.

그래서 더 억울했다.

착한몸매는 분명 꽤나 많은 반지를 가지고 있었으니, 훔쳐 간 팀은 이 게임을 끝낼 수 있을 것이다. 무려 5개의 다른 색을 가지고 있었으니…….

재수가 좋으면 한 놈 정도만 게임을 끝낼 수도 있고.

"휴우~"

털썩 주저앉았다.

이렇게 되면 착한몸매가 굉장히 불쌍해지지만, 나는 더 암울해진다.

나는 여기서 착한몸매를 내버려 둘 수가 없었다.

그렇다고 도와주기도 애매하다.

남는 반지가 겨우 빨간색 두 개에 주황색 하나이니.

나도 두 개를 구해야 하고, 그녀는 네 개를 더 구해야 한다.

가장 심각한 건 더 이상 찾아다닐 만한 반지의 지점이 없었고, 협상을 해도 좋은 결과를 얻기는 힘들다.

결국 나랑 그녀는 꼴찌를 피하려 싸워야 하고 내가 우습게 이길 수 있겠지만, 저런 꼴로 그녀가 꼴찌를 하게 내버려 두기도 그렇다.

'꼴찌 확정.'

벌써부터 괴짜노처녀에게 시달려 체력 부족으로 고통스럽게 죽어가는 내 모습이 상상이 갔다.

"아, 도대체 어떤 자식이야!"

당연히 억울했다.

안 그래도 착한몸매는 짐에 가까웠는데, 이제는 완전한 짐이다.

"흑흑."

착한몸매는 바닥에서 일어날 줄을 몰랐다. 나는 한숨을 쉬면서 그녀를 일으켜 내 어깨에 기대게 했다. 겨우 게임 때문에 그녀가 이렇게까지 슬퍼하다니.

"괜찮아, 괜찮아."

그녀를 다독여 주었다.

겨우 게임이다.

뭐, 목숨을 걸고 하는 거지만, 그래도 이렇게 분통해하면서 눈물을 흘릴 가치는 없었다.

착한몸매가 슬퍼하니 괜히 나까지 슬퍼졌다.

잠시나마 그녀를 버릴 생각까지 한 내 자신이 싫어졌다.

"설마 꼴찌야 하겠어?"

"으흑흑."

"……."

정신이 없는 가운데도 우리가 꼴찌를 할 수밖에 없다는 사실은 아는지 더욱 구슬프게 운다.

'이젠 어떻게 하지?'

"……."

나도 막막하다.

나도 울고 싶다.

빌어먹을, 게임이 끝나고 나서 범인이 밝혀지면 놈의 이를 다 뽑아버린 다음에 손톱을 하나씩 뽑고, 뼈란 뼈는 모두 으스러뜨려 버릴 것이다.

반드시.

10

우리는 일단 협상의 장소로 향했다. 우리가 선택할 수 있는 건 그렇게 많지 않았다. 없을 확률이 90%가 넘는 반지 지점을 도는 것보다는 협상의 장소로 향하는 게 훨씬 나았다.

협상의 장소는 그렇게 멀지 않았다.

착한몸매를 부축하면서 걸어서도 2시간밖에 걸리지 않았다.

평상시의 나라면 2시간의 거리로도 불만을 표하겠지만, 이 게임을 하고 나서부터는 2시간 거리는 식은 죽 먹기였다.

"흐음."

협상의 장소를 둘러싼 나무들에는 노란 리본이 있었다. 아마도 그 안에서는 칼부림을 할 수 없는 모양이다.

나와 착한몸매의 작전은 굉장히 단순했다.

보이는 팀은 일단 공격하고 본다.

착한몸매는 아침에 무리를 해서 거의 움직일 수가 없다. 하지만 필사적으로 덤비면 어느 정도 버틸 수는 있겠지.

그렇게 되면 나 역시 필사적으로 한 놈을 때려눕히고, 다른 놈마저 때려눕혀야 한다.

"……."

두 놈은 조금 버겁기는 하다.

동시에 덤비면…….

'이길 수 있으려나?'

합격을 받아본 적이 없으니 정확하게 알 방법은 없었다. 하지만 그나마 다행인 건 아직 요하네스에서 합격에 대한 걸 가르친 적이 없었다.

내가 합격을 받아내는 방법을 모르듯 놈들도 합격하는 방법을 모른다.

괜히 어설픈 합격은 크게 깨지는 법.

'넓적얼굴네 팀이나 만났으면 좋겠네.'

깐깐안경은 굉장히 버거운 상대다. 그녀의 찌르기는 생각만 해도 아찔하다.

질 거라 생각한 건 아니지만 착한몸매가 버텨낼 때까지 깐깐안경을 이겨낼 자신은 없었다.

"여기서 쉬자."

협상의 장소에서 약 300m가량 떨어진 언덕 위에 그녀를 앉혔다.

옆에 큰 나무가 있어서 뒤로 숨기도 좋았고, 일단 언덕이다 보니 뻥 뚫린 협상의 장소가 한눈에 보였다.

여차하면 가서 공격을 할 수도 있고, 조금 빨리 달리면 몰래 훔쳐 올 수도 있고.

뒤치기를 할 수도 있고, 아래쪽에는 나무가 빽빽하니 게릴라전을 해볼 수도 있고.

"휴우~"

은근히 긴장이 되었다.

누가 나타날까.

심장이 두근두근, 빨리 뛰기 시작했다.

"크리스, 미안해."

지금까지 잘 참고 있던 착한몸매는 다시 눈물을 글썽이고 있었다.

"아니야, 괜찮아. 어떻게든 되겠지."

차라리 착한몸매 대신에 뱁새눈을 내게 붙여줬으면 아주 그냥 예전에 버려두고 왔을 텐데, 하필이며 그녀를 붙여줘서……

'이건 분명 그 괴짜노처녀가 머리를 쓴 거야!'

그녀가 얼마나 영악한지는 어려서부터 계속 당해왔으니 너무도 잘 알았다.

그때 갑자기 착한몸매가 눈물을 펑펑 쏟아내기 시작했다.

당황해서 주머니 속의 지저분한 손수건을 꺼내 그녀의 눈물을 닦아주었고, 오히려 손수건의 흙이 묻어서 더욱 지저분해지는 그녀의 얼굴이었다.

"갑자기 또 왜 그래~"

이 세상에서 가장 무서운 건 여자의 눈물이라는 한 소설가의 글귀가 정말 진리라는 사실을 실감하면서 그녀의 등을 두드려 주었다.

"너, 넌 이렇게 착한데, 나는… 흑흑, 나는, 크흑."

그녀는 울음을 터뜨리며 '바, 바꿔치기', '보, 보라색', 뭐 어쩌구저쩌구 고해성사를 하는 듯했는데, 대부분은 훌쩍이는 소리와 으앙~ 하고 울어대는 소리에 하나도 못 알아들었다.

"괜찮아, 괜찮아. 사람이 그럴 수도 있지. 걱정하지 마. 나 그렇게 속 안 좁으니까."

사실은 열이 부글부글 끓어올랐다.

지금 이런 상황이 아니었다면 나는 반드시 그녀에게 화를 냈을 것이다.

"……."

하지만 지금은 그녀를 위로해 줄 수밖에 없었다.

겨우 이렇게 넘어가야 하다니.

자기가 자기 입으로 고백을 하는 데도!

"고마워, 고마워."

착한몸매는 그녀의 얼굴이 흉측해지고 있다는 사실을 아는지 모르는지, 눈물 콧물 다 빼며 엉엉 울고 있었다. 진심으로 미안해하는 모양이다.

'쳇.'

미워할래야 미워할 수가 없었다.

이십여 분 동안 그녀를 달래주었을 때였을까?

그녀의 눈이 휘둥그레지며 저 아래 협상의 장소를 가리키고 있었다.

착한몸매의 눈을 따라가니, 그곳에는 넓적얼굴과 뱁새눈이 모습을 드러내고 있었다.

"…흐음."

둘이 모두 같이 왔다는 건 환상몸매의 반지를 훔친 당사자들이 아니라는 뜻인가?

아니면?

'일단 족쳐 보면 알겠지.'

복잡하게 생각하기 싫었다. 안 그래도 머리가 터질 것만 같았다.

'그나저나 깐깐안경네 팀은 주위에 없나?'

괜히 족치러 갔다가 반대로 다른 팀에게 좋은 상황을 만들어주는 것만큼 억울한 일은 없을 것이다.

언덕 위인만큼 주위를 훑어보는 게 굉장히 수월했다.

일단 그들의 모습은 보이지 않았다.

"여기 앉아 있어. 다녀올게."

지금 보이지 않는다고 해서 시간이 많이 주어지는 건 아니다.

정말 이곳으로 오고 있다면, 조금의 여유도 가질 수가 없었다.

착한몸매는 눈물을 글썽이며 나를 올려다봤다.

"……"

어떤 말을 하고 싶어 하는 것 같은데, 정작 그 어떤 말도 하지 않는다. 단순히 나를 걱정해 주는 모습이라고 보기에는 조금 조급해 보이기도 하고…….

휘익.

또다시 머리가 복잡해져 간다. 고개를 절레절레 흔들며 일단 마음을 정리했다. 가장 중요한 건 넓적얼굴 팀을 손보는 것.

"조, 조심해. 너, 너도 반지를 잃어버리면 큰일이잖아."

"……."

착한몸매의 말을 듣고 보니 그것도 맞았다.

사실 재수가 더럽게 안 좋으면 놈들에게 된통 얻어맞고 반지들을 빼앗길 수 있다. 합격을 이겨내야 하는 강박관념에 실수를 하나라도 하면 바로 빈틈을 치고 들어오는 녀석들에 그렇게 될 확률이 없잖아 있었다.

나는 가만히 서서 착한몸매를 내려다봤다.

조금 안전하면서도 어떻게 보면 위험하기 짝이 없는 방법이 하나 떠올랐다.

착한몸매는 가만히 나를 마주 보며 큰 눈을 반짝이고 있었다.

"……."

잠시 주저할 수밖에 없었다.

하지만 이내 품에서 반지 주머니를 꺼내어 착한몸매에게 건네주었다.

"잘 가지고 숨어 있어. 이렇게 맡겨두면 죽도록 얻어맞아도 반지를 빼앗기지는 않겠지."

그녀에게 건네주면서도 조금은 꺼림칙했다. 이것들을 가지고 도망을 친다면? 하지만 여전히 순수하기 짝이 없는 두 눈을 보니 한편으로는 안심이 되기도 했다.

"아, 알았어."

반지를 받아 드는 그녀의 모습에서도 딱히 꺼림칙한 부분을 찾아볼 수는 없었다.

그래도 불안하기는 했다.

'빨리 갔다 오는 수밖에.'

"그럼 다녀올게."

불안함을 떨치고는 그녀를 내버려 둔 채 언덕을 천천히 내려갔다.

11

굉장히 천천히 다가갔다. 숨을 죽이고 발소리를 죽였다. 이미 놈들이 협상의 장소 안으로 들어갔기 때문에 공격을 할 수는 없겠지만, 그래도 일단 동태를 살피기 위해서는 내가 온다는 걸 모르는 게 편했다.

협상의 장소는 숲 속의 정원과도 같은 곳이었다. 나무들보다는 화사한 꽃들이 바닥을 수놓고 있었다. 다만 분명 화사한 색의 꽃들임에도 불구하고 어둠의 숲의 일부분이라서 그런지 하나의 치명적인 독이라 생각될 만큼 아찔하고도 꺼림칙한 기운이 느껴졌다.

원래 지극히 아름다운 것은 위험, 그 자체라는 말이 있잖은가.

협상의 장소 중간에는 상급생 한 명이 의자에 앉아 있었다. 하루 종일 여기에 있는 건 아니고, 아마 교대를 하지 않을까 추측된다. 분명 그가 협상을 진행할 것이다. 규칙에 어김이 없도록.

넓적얼굴과 뱁새눈은 그 주위에 앉아 쉬고 있었다. 아무도 없으니 자기들끼리 협상을 할 것도 아니잖은가. 무슨 이야기를 나누고는 있었지만, 나무가 빽빽하지 않아 숨을 곳이 없어 더 가까이로 다가갈 수 없어 엿들을 수가 없었다.

'이 선으로 나오면 바로 공격을 할 수 있을 텐데.'

그들이 이제 막 도착한 만큼 지금서부터 꽤나 오랫동안 기다릴 수 있을 것이다. 비록 인내심이 짧은 둘이지만 이곳에서 오자마자 협상을 시작할 수 있을 거라는 기대를 하지는 않았을 테니.

반대로 나는 조금 급했다.

깐깐안경 팀이 올 수도 있는 지금, 일단 놈들을 처리하고 도망치는 게 급선무였다.

"……."

하지만 반지들을 훔쳐 간 게 깐깐안경 팀이라면 그쪽은 이미 게임을 끝내고 나가서 쉬고 있을 수도 있다.

"……."

어찌 되었든 일단 놈들을 유인하고 봐야 했다. 이곳에서 놈들이 나올 때까지 기다릴 생각은 추호도 없었다.

탁!

돌 몇 개를 주워 하나를 놈들의 쪽을 향해 던졌다.

"악!"

뱁새눈이 뒤통수를 부여잡으며 바닥을 뒹굴었다.

"……."

그냥 돌을 던져 놈들의 관심을 산다는 게, 어떻게 정확하게 뱁새눈의 뒤통수에 맞았나 보다.

뱁새눈은 눈을 치켜뜨고는 주위를 둘러보았다. 그러다 결국 그의 옆에 있는 넓적얼굴을 노려보기 시작했다. 뱁새눈은 얼굴이 새빨개져서는 다짜고짜 넓적얼굴에게 소리쳤다.

"네가 했지!"

얼마나 컸던지 멀리에 있는 나까지 엿들을 수 있었다.

넓적얼굴은 그게 무슨 소리냐는 듯한 얼굴로 뭐라 중얼거렸고, 뱁새눈은 계속해서 '왜 던져!', '거짓말!', '씨이!' 라 소리를 쳤다.

그렇게 5분간 실랑이를 벌이다 넓적얼굴이 끝까지 인정하지 않자 뱁새눈은 포기해 버렸다. 대신 넓적얼굴에게서 등을 확 돌렸다.

덩달아 기분이 나빠졌는지 넓적얼굴도 등을 돌려 서로가 일정한 거리를 두고 등을 맞댄 꼴을 만들어내고 있었다.

"큭큭."

그들을 보며 작게 웃었다.

그리고는 좋은 생각이 나서 또 하나의 돌을 집어 들어 잘 조준하여 던졌다.

딱!

"악!"

뱁새눈을 향해 힘껏 던진 돌. 안타깝게도 내가 정확하게 던지는 데는 재능이 없는지, 뱁새눈과는 조금 거리가 빗나갔다.

대신 넓적얼굴이 맞고는 바닥을 뒹굴었다.

이번에는 넓적얼굴이 소리를 버럭 질렀다. 이 년 전의 넓적얼굴이었다면 그냥 웃으면서 바보처럼 넘어가 버렸을 일인데, 요하네스 물 먹고 좀 개념이 결여되기 시작한 넓적얼굴은 뱁새눈 못지않게 얼굴을 붉혔다.

"내가 아니라고 했잖아!"

안 그래도 오해를 받아서 기분이 나쁜데, 하지도 않은 짓으로 보복을 받았다고 생각했는지 굉장히 열 받은 넓적얼굴은 돌을 하나 집어 들어 '혼자 뭔 소리를 하는 거냐?'는 얼굴로 어리둥절해 있는 뱁새눈에게 냅다 힘껏 던져 버렸다.

퍽!

그 소리가 내게도 들릴 정도로 이마에 세게 꽂힌 돌. 뱁새눈의 눈에서 불똥이 튀는 게 보일 정도로 고통스러워했다.

"……."

어째 내 손은 내 머리보다 훨씬 똑똑한지 모르겠다. 이런 상황을 만들어주다니.

이윽고 시작이었다.

뱁새눈은 바로 검을 뽑아 들었고, 넓적얼굴도 그것을 보고 검을 뽑았다.

팽팽한 긴장감이 도는 분위기.

그때 상급생이 나서서 그들을 제지했다.

'안 돼!'

놈들이 서로 한바탕 싸우다가 체력이 소진되면 내가 나타나서 놈들을 때려눕히고는 반지를 취하면 되는, 그런 이상적인 시나리오를 그리고 있는데, 상급생이 지금 그 시나리오를 단번에 날려 버리려 하고 있었다.

"응?"

상급생의 말을 듣고 있던 뱁새눈과 넓적얼굴은 여전히 상기된 얼굴로 협상의 장소를 벗어나고 있었다. 그것도 짐은 모두 그곳에 내버려 둔 채.

'아!'

아마 상급생이 싸우려면 나가서 싸우라는 식으로 말을 한 모양이다.

협상의 장소에서는 칼부림이 금지되어 있다고 했으니…….

넓적얼굴과 뱁새눈이 제정신이라면 규칙을 어기는 짓은 하지 않겠고, 기분은 상한 대로 상해 있으니까 일단 싸우기는 해야 해서 나오는 모양이었다.

"……."

나는 내가 오늘 어떤 착한 짓을 했는지 하나씩 떠올려 봤다. 착한 일을 아주 많이 하지 않고서는 신이 이렇게 나를 도와줄 리가 없었다.

'이건 뭐, 셀 것도 없이 착한 일은 안 했지만, 어쨌든 감사합니다.'

짐은 협상의 장소 한중간에 덩그러니 놓아져 있었다. 저것만 뒤지면 나는 아무런 피해도 없이 무사히 반지들을 빼올 수 있을 것이다.

상급생이 그 앞에 서 있다는 것은 조금 꺼림칙했지만, 칼부림만 안 하면 되는 거 아닌가?

챙챙!

나는 넓적얼굴과 뱁새눈이 싸우기 시작하는 것을 확인했다. 내가 있는 쪽과 조금 거리가 있을뿐더러 놈들은 내게 신경을 전혀 쓰고 있지 않았다.

천천히 협상의 장소로 들어갔다. 그러다 조금은 더 속도를 올렸다.

발소리를 내지 않는 것도 중요하지만, 둘 중에 한 놈이라도 이곳을 쳐다보면 나는 숨을 곳이 없었다. 나는 숨을 죽이고는 재빨리 협상의 장소의 한중간에 도착했다. 여기에서는 어지간히 큰 소리를 내지 않으면 저쪽에서는 들리지도 않을 것이다.

"……."

상급생을 한 번 물끄러미 쳐다봤다. 놈은 조금 오묘한 표정을 짓고 있었다.

'가만히 있을 건가?'

그렇게 생각을 하고는 빨리 두 놈의 짐을 훑기 시작했다. 하지만 주머니가 조금 많은 데다, 특히 정작 안을 훑으려면 시간이 많이 들 것 같아 가방을 엎어 안에 있는 걸 모두 쏟기로 했다. 어차피 그 정도의 소리로는 놈들이 알아차릴 리가 없었다. 거리도 거리이지만 놈들은 한창 싸우고 있는 중이니까 말이다.

"이봐."

그때 상급생의 말이 들려왔다.

"……?"

안 그래도 조급한데 놈이 말을 걸자 그냥 무시하고 싶었지만, 그래도 왜 문제를 삼는지 들어야 했다. 분명 하나의 규칙 때문에 나를 불렀을 테니까.

"이곳에서는 오로지 서로의 합의하에만 반지를 교환할 수 있다. 반지를 가져갈 생각이라면 저쪽의 두 학생이 올 때까지 기다려야 한다."

"……."

그러고 보니까 그런 규칙이 있었다. 나는 머리를 박박 긁었다.

둘이 체력이 고갈될 때까지 기다려 덮치는 것도 그렇게 나쁜 방법은 아니었다. 일격필살로 단번에 놈들을 무력화시키는 게 불가능한 것도 아니었다. 하지만 역시 두 놈은 조금 부담스러운 느낌이 없잖아 있었다.

"……!"

그때 나의 번쩍이는 재치가 빛을 발했다.

"근데 나는 그냥 이곳에 온 거고, 여기에 있는 짐을 봤을 뿐이잖아."

"그게 무슨 말이지?"

"그러니까 이건 주인이 없는 짐이라고. 그런 짐은 그냥 뒤져도 되는 거 아니야?"

"저들의 것이라고 내가 확인해 주지 않았나."

생각보다 조금 딱딱하다.

그래도 우기는 사람에 장사가 없다고…….

"이 짐을 놈들이 버리고 간 거면? 아니면 잃어버리고 간 걸수도 있고. 그러면 줍는 사람이 임자 아니야? 아, 물론 양심이있는 사람이라면 되돌려주려고 노력하겠지만, 난 그런 거 안키워서 말이야."

"……."

상급생도 반박할 말이 떠오르지 않는 모양인지 아무 말도하지 못했다.

"버, 버리고 갔을 리는 없잖은가. 바로 저기에 있는데 잃어버렸을 수도 없고."

"그거야 나는 모르지. 그리고 너도 확신은 할 수 없잖아? 저놈들이 엄청 멍청해서 그냥 코앞에서 잃어버린 것일 수도있고, 싸우기 바빠서 이것에 대해 잊어버렸을 수도 있잖아."

"……."

상급생은 뭔가를 곰곰이 따져 보고 있었다. 고민을 하는 게 확실했다.

"생각을 해봐. 너도 봤잖아? 겨우 돌 두 개 날라왔다고 서로를 탓하고 싸우는 거. 어지간하게 멍청해서야 저렇게 열 올리고 싸우겠어?"

"……"

"어쨌든 숲 한가운데 혼자 노는 짐을 뒤졌다고 해서 그것이 옳지 않다고는 할 수 없잖아. 그냥 줍는 사람이 임자야."

"……"

나는 석상처럼 굳어 있는 상급생을 내버려 두고는 황급히 가방을 엎어 한꺼번에 내용물을 쏟았다. 두 가방의 내용물을 모두 엎자 반지 주머니도 쉽게 찾을 수 있었다.

두 개의 반지 주머니를 열어 그 안에 반지들이 있음을 확인하고는 그 큰 배낭 안의 내용물을 다 헤집어놓아 어지럽혀진 그곳에서 일단 일어났다.

"쯧쯧, 아직도 싸우고 있다니. 누가 이기든 분명 이곳에 오면 둘 다 패배감에 젖어 있을 거 같지 않냐?"

상급생에게 말하며 히죽거렸다.

초토화가 되어 있는 짐들.

그리고 그것도 모르고 멍청하게 자존심 싸움을 하고 있는 그 둘.

조금은 불쌍해졌다.

나는 한 반지 주머니를 꺼냈다. 그리고 그 속에서 빨간 반지를 발견하고는 그것을 그들의 짐 위에 던져 주었다. 어차피 빨간 반지는 너무도 많았다. 필요가 없으니 이 정도는 남겨줄 수 있다.

"나도 그렇게 야박한 사람이 아니니 착하게도 하나는 남겨 줘야겠다. 반지가 하나도 없다는 걸 알면 크게 상심할 거 아니야."

상급생은 그런 나를 어이없다는 눈으로 노려봤지만, 나는 가슴이 뿌듯해지는 느낌과 함께 천천히 이 순간을 즐기면서 유유히 협상의 장소에서 벗어났다.

챙챙!

한창 싸우기 바쁜 두 놈들은 어떤 일이 벌어졌는지 상상도 못하겠지.

언덕을 오르면서 나는 두 반지 주머니를 모두 털어 그 안에 들어 있는 반지들의 색을 확인했다. 놈들은 총 11개의 반지를 가지고 있었다. 각자 2개씩 처음에 주어졌고, 하나는 내가 돌려줬으니 원래는 12개의 반지를 가지고 있었고, 그들은 여덟 지점에서 반지를 찾은 것이다.

주황색 2개, 노란색 3개, 초록색 2개, 파란색 2개, 보라색 2개.

"오호!"

협상할 것도 없이 이렇게 남의 것을 거저 얻으니 굉장히 기분이 좋았다.

나는 파란색이랑 보라색이 없었기 때문에 그것들을 하나씩 가져오면 금방 게임을 끝낼 수 있다. 뿐만 아니라 착한몸매도 같이 게임을 끝낼 수가 있었다.

빨간색은 많으니 보충하면 되고, 주황색, 노란색, 초록색, 파란색, 보라색도 모두 여분이 있으니 그것을 착한몸매에게 주면 같이 게임을 끝낼 수가 있었다.

물론 1, 2위를 가려야 했지만, 그녀의 상태를 고려하여 큰마음먹고 내가 2위로 들어가 줄 생각이 있었다. 물론 깐깐안경 팀이 먼저 들어갔을 확률을 따져 3, 4위로 들어갈 수도 있겠지만 적어도 꼴찌는 아니지 않은가.

'그러고 보니 빨간색을 주지 않았으면 나는 여기서 그냥 도망가도 되었네?'

넓적얼굴과 뱁새눈은 모두 빨간색 하나만 모자랐다. 그 이외에는 2개씩만 모자랐던 걸 보면 빨간색 하나만을 협상해서 얻어내 같이 게임을 끝내려는 생각이었나 보다. 누가 먼저 배신을 하지 않은 게 용했다.

"불쌍한 자식들, 여기서 며칠은 헤매겠네."

내가 반지를 다 가져온 이상, 놈들이 정상적인 방법으로 게임을 끝낸다는 건 있을 수가 없는 일이었다. 아마 시일이 지나 괴짜노처녀가 게임을 끝낼 수밖에 없다고 판단을 하고 나서야 숲에서 나올 수 있겠지.

그렇게 되면 놈들은 안 그래도 지쳐 있는데, 그 상태에서 또 지옥 같은 체력 단련을 해야 할 것이다.

"쯧쯧."

착한몸매와 같이 게임을 끝낼 수 있음에 너무도 기분이 좋아 언덕의 가장 위까지 뛰어 올라갔다. 헥헥거려도 마냥 좋았다.

"……."

언덕 위에 오른 나는 뭔가가 이상하다는 걸 알 수가 있었다.

언덕은 똑같았다.

하지만 한 가지가 달랐다.

나는 금세 위화감의 근원이 어디에서 피어오르기 시작한 건지 찾을 수가 있었다.

"착한몸매가 없어!!"

누가 납치해 간 건가?

깐깐안경 팀?

넓적얼굴 팀이 착한몸매의 반지를 훔쳐 간 게 아닌 건 확실했다.

내가 그들의 것을 훔쳐서 확인해 봤으니까 말이다.

그렇다면 깐깐안경 팀에서 훔쳐 갔을 텐데, 그렇게 되면 착한몸매를 납치할 이유는 조금도 없었다. 만약 반지가 하나 모자라서 내 것을 훔치러 왔다가 착한몸매를 발견했다고 쳐도 반지만 훔쳐 가지 그녀를 납치할 이유는 그 어디에도 없었다.

"……."

그때부터 내 몸이 뻣뻣하게 굳어가기 시작했다.

나는 빠르게 주위를 훑었다.

하지만 그 어디에도 착한몸매를 찾을 수가 없었다. 그녀의 흔적이라도 발견할 수 있을까 싶었지만, 어둠의 숲에서 그런 걸 찾기란 불가능했다.

"……."

아주 끔찍한, 그런 상상이 머릿속에서 싹을 틔우기 시작했다.

"이게 감히 나를 배신해?!"

내가 아는, 이 세상에서 가장 끔찍한 욕설들이 저절로 내뱉어졌다. 1분 내내 욕으로 소리를 질러도 폭발하는 감정을 주체할 수가 없었다.

착한몸매.

그녀가 사실 다치긴 했어도 거동이 불편한 건 꾸밀 수가 있었다.

그리고 내가 반지를 그녀에게 건네주길 기다리고는 그것을 가지고 도망친다. 그러니까 사실 그녀는 반지를 도둑맞은 게 아니라는 말.

깐깐안경 팀도 역시 아직 게임을 끝내지 못했다는 점에서는 다행이지만, 이렇게 되면 착한몸매가 1위로 게임을 끝냈을 확률이 높았다.

나를 속이면서까지!

나는 황급히 주위를 뒤지기 시작했다. 그녀가 내게서 필요했던 반지는 딱 하나였다. 파란색. 나는 가지고 있었고, 그녀는 없었다.

그것만을 가져갔다면 배신감은 그대로이지만, 그래도 어느 정도 용서할 수 있었다.

나도 게임을 끝낼 수 있었기 때문이다. 게다 최악의 상황으로 4위를 생각했는데, 이렇게 되면 내가 2위로 들어갈 확률이 높았다.

깐깐안경이 아무리 잘했어도 그 팀이 모두 각각 다른 색의 반지로 12개의 반지를 모았을 리는 없다. 나랑 착한몸매 팀도 8개의 반지를 찾았고, 넓적얼굴, 뱁새눈 팀도 8개를 찾았으면, 남은 지점의 8개 반지를 모두 찾았다고 해도 각각 다른 색으로 모두 12개의 반지를 찾았을 리는 없었다.

게다 색이 겹치는 게 있어 협상을 하지 않으면 안 될 테니,

분명 이 협상의 장소로 올 게 분명했다.

최악의 상황으로 깐깐안경 팀에서 서로 배신자가 나오면 1명 정도는 반지를 모두 모아서 게임을 끝냈을 수도 있다. 어쨌든 그런 상황이라고 해도 나는 3위로 들어갈 수 있었다.

그러니까 착한몸매가 내 몫의 반지를 그냥 두고 가면 일은 그럭저럭 풀리는 것이다.

"……."

시간이 지날수록 나는 급박해졌다.

착한몸매의 짐은 그 어디에도 없었다. 분명 그녀에게 건네주었으니 그녀의 짐에서 찾아야 하지만, 그것들이 없으니…….

혹시나 해서 내 짐을 뒤져 보기 시작했지만 가능성은 희박했다.

팔락.

그때 종이 한 장이 배낭에서 떨어졌다.

누가 끼어놓은 모양이었다.

착한몸매의 필체였다.

크리스, 미안.

주머니, 내가 가져갈게.

소피 씀.

"으악!!"

나는 미친 듯이 짐을 뒤지기 시작했다. 아까 뱁새눈과 넓적
얼굴의 짐을 뒤졌을 때처럼 뒤로 엎어 한꺼번에 내용물을 모
두 꺼냈다.

다시 정리해야 된다는 생각은 하지도 않았다.

"젠장!"

그 어디에도 반지들은 없었다. 착한몸매는 '귀찮았는지'
주머니를 통째로 가져갔다. 나는 감히 그녀를 배신할 생각도
못했는데, 그녀는 나를 완전히 알거지로 만들어 버린 것이다.

'내가 꼴찌로 들어갈 게 분명한데도 일부러 모두 가져갔단
말이지?'

더 열 받기 시작했다.

나는 그녀를 그렇게 배려했는데, 그녀가 나를 한 번 배신했
는 데도 용서해 주었는데 그녀는 나를 가차없이 이용해 먹고
는 버렸다.

엄청난 배신감이었다.

퍽퍽!

나는 내 머리를 때렸다.

넓적얼굴과 뱁새눈을 골려준다고 일부러 빨간색 반지 하
나만을 놓고 왔다.

그것만 있었으면 배신을 당해도 바로 게임을 끝낼 수 있었다.

하필이면 빨간색!

남는 빨간색 반지가 3개나 된다는 생각에 별 필요가 없다고 여겨 그걸 버리고 오다니!

개똥도 약에 쓰려면 없다는 말이 이런 데 적용될 줄 누가 알았겠는가.

빨간색만 있었어도!

나는 혹시나 넓적얼굴과 뱁새눈이 아직도 싸우고 있는지 확인하기 위해서 언덕의 끝 부분으로 달려갔다. 냉큼 집어오면 되는데!

"⋯⋯."

멍하니 협상의 장소를 내려다봤다.

"⋯⋯!"

그리고 황급히 몸을 숙였다.

하필이면 바로 그때 넓적얼굴과 뱁새눈에 상급생과 대화를 나누고 있었다. 너무 멀어서 그들의 얼굴도 볼 수 없었고 감정도 느낄 수가 없었지만, 상급생에게 무엇을 따지고 있는지는 추측할 수 있었다.

그때 잠자코 듣고 있던 상급생이 언덕 위에 있는 나를 가리켰고, 넓적얼굴과 뱁새눈은 고개를 돌려 내 쪽을 바라보려 하고 있었다.

재수가 더럽게 좋으면 그들은 나를 보지 못했고, 재수가 더럽게 없으면 놈들은 나를 봤을 것이다.

나는 조금 기다렸다가 천천히 몸을 일으켜 놈들의 반응을 보려 했다.

"흐억!"

깜짝 놀라 그 자리에서 엉덩방아를 찧었다.

놈들은 언덕을 향해 올라오고 있었다. 도둑이 제 발 저린다고, 나는 부들부들 떨리는 몸으로 황급히 짐을 향해 달려갔다.

반지 주머니는 주머니 안에 잘 챙겼다.

"젠장!"

하필이면 짐을 다 엎어놔서 그것을 들고 갈 수 없게 되었다.

다 챙길 시간이 없었다.

게다 손도 부들부들 떨리고, 하도 긴장이 되어 배낭 안에 제대로 집어넣을 수도 없었다.

"젠장, 젠장!"

나는 나침반과 지도만을 챙기고는 냅다 달렸다. 어느 정도 뛰고 나서야 침낭도 챙겨왔어야 된다는 생각을 했지만, 그들이 너무 많이 왔기에 무조건 달리고 봐야 했다.

아슬아슬하게 침낭을 가져온다고 쳐보자. 그렇게 되면 그야말로 죽어라 뛰어야 한다. 넓적얼굴과 뱁새눈은 짐도 안 들고 나를 따라오고 있었지만, 난 그 무거운 침낭을 들고 뛰어야 하는 상황에서 내가 얼마나 멀리까지 도망갈 수 있을까.

당연히 잡히리라.

차라리 이게 더 나았다.

재빨리 튀어서 사라져야 했다.

"헉헉."

내가 미쳤다.

빨간색 반지만 놈들에게 안 줬어도 이대로 바로 도망갈 수 있는데!!

12

닥치는 대로 달려왔다. 이리저리 곡선을 그리면서도 달렸고, 지그재그로 달리기도 했다. 어차피 지그재그로 달려봤자 쫓아오는 사람을 헷갈리게 하는 게 아니라, 오로지 도망가는 사람만 힘들다는 것을 깨닫고는 다시 닥치는 대로 달렸다.

두 시간 내내 달리고 나서야 나는 안심을 하고는 숨을 고르게 쉴 수 있었다.

목이 탔지만, 물은 챙겨올 수가 없었다. 원래 주머니에 있던 육포 몇 조각을 제외하고는 먹을 게 조금도 없는 상태. 부싯돌도 없어 불을 피울 수도 없었다.

'침낭도 없지.'

그렇게 되면 잠도 못 잔다. 아니, 잘 수는 있겠지만 자는 도중에 체온이 너무 떨어져 죽을 수도 있고, 그렇게 죽지 않는다고 해도 모닥불이 없어 접근하는 야수들에 의해 살점이 너무 많이 떨어져 나가 과다출혈 혹은 급소가 뜯겨 죽을 수도 있었다.

"휴우~"

막막했다.

그나마 검은 항상 차고 다녀서 가져올 수 있었던 게 다행이다.

"…다행인가?"

야수가 달려들면 내가 이겨낼 수 있을까? 최근에 멧돼지를 한 번 잡아본 적은 있지만, 그건 말 그대로 요행으로 인한 것이었다.

미친 듯이 달려들던 멧돼지가 뒤에 있던 바위를 들이박고 잠깐 헤롱헤롱하는 걸 단번에 생채 에너지의 검으로 내려쳐 목을 동강 냈다.

그것조차도 조금 버거웠다.

특히 멧돼지가 달려들 때의 살기는 쉽게 맞서기가 힘들었다.

달려오는 게 뻔히 보이는데, 너무도 긴장이 되어 피할 생각조차 하지 못했다.

물론 엄청난 순발력으로 간발의 차이로 피하긴 했지만, 그런 상황에 또 닥치게 되면 멧돼지의 돌진을 피할 수 있으리라는 법은 없었다.

게다 이 어둠의 숲에는 멧돼지만 있는 게 아니었다.

소문으로는 곰도 있고, 호랑이도 있다고 한다. 물론 서로의 영역이 달라 둘 모두 한꺼번에 만날 리는 없었지만, 그래도 둘 중 하나라도 만나게 되면 바로 이 세상과 작별인사를 해야 될지도 모른다.

아니, 또다시 신이 내게 사랑을 보여주실 생각이 아니라면, 반드시 죽을 게 분명했다.

야수들은 사람이랑 너무도 달랐다.

급소야 뻔했다.

자잘한 건 모르고, 머리.

머리만큼 확실한 곳도 없었다. 하지만 머리로는 놈들을 죽일 수 있어도, 실제로는 죽일 자신이 조금도 없었다.

야수들의 살기는 진짜다.

타고난 사냥꾼인만큼 그들의 살기는 정말 '죽여서 잡아먹겠다' 는 의지에서 발해지는 것이었다.

마음을 독하게 먹지 않으면 놈들의 눈빛 앞에서 꼼짝도 할수 없다는 말이다.

멧돼지만으로도 그랬는데 산중지왕이라는 호랑이와 맞서게 되면 어떻게 될까?

"……."

넓적얼굴과 뱁새눈이 무서워 도망을 치다니. 이건 광견이무서워 호랑이 굴로 도망쳐 온 거나 마찬가지였다.

사실 그때 마음의 준비가 안 되어 나도 모르게 재빨리 도망쳐야만 한다는 생각을 가지고 있어서 이렇게 여기까지 오게되었지만, 한참을 싸워 체력이 고갈된 둘을 맞서지 못할 내가아니었다.

하늘을 올려다봤다.

'대충 정오인가?'

해가 머리 꼭대기에 있었으니 대충 그쯤일 것이다. 해가 지려면 대충 5시간 정도 남았다. 원래라면 한 7시까지는 주위가밝겠지만, 어둠의 숲에서는 그보다 훨씬 빨리 어두워진다.

"5시간 안에 잘 곳을 못 찾으면 죽겠지?"

나는 지도를 살폈다. 어둠의 숲에는 모두 표식이 될 만한장소들이 있었다. 그냥 **빽빽**한 숲이 아닌, 커다란 해골 모양의 바위라거나 아까 협상의 장소처럼 숲 속의 정원이라거나 특징이 있는 부분들이 꽤나 흔했다.

물론 지금 내가 있는 이곳은 단지 나무가 **빽빽한** 곳이지만, 한 시간 정도 잘 헤매다 보면 지도에 그 장소의 특징을 표식으로 삼은 그런 독특한 곳을 찾을 수 있을 것이다.

그런 곳을 찾아야 내가 지도상에서 어디에 있는지 확인할 수 있고, 어디로 갈지 정할 수가 있었다.

"협상의 장소에서 대충 2시간 뛰어왔으니 지도에서 보면 이쪽 편일 텐데……."

생각해 보면 나는 너무도 대책없이 뛰어왔다. 일직선으로 뛰어오면 쫓아오기가 너무 쉬우니 상대에게서 최대한 떨어지기 위해서 곡선을 탔다.

그러면 확실히 상대가 쫓아올 확률은 굉장히 줄어든다.

그리고 그만큼 내가 어디에 있는지 정확하게 알 확률도 줄어든다.

"에휴, 일단 내가 어디에 있는지 알아봐야겠지?"

이곳이 표식이 있는 곳에 가까워 별로 헤매지 않기를 바라며 표식이 있을 만한 쪽으로 걸었다.

마음 같아서는 뛰고 싶었지만, 체력이 고갈되어 너무도 힘이 들었다.

'잠을 잘 곳보다 물을 마실 수 있는 곳을 먼저 찾아야겠어.'

원래 다섯 병씩 있던 물통이 내게 하나도 없다는 사실이 이렇게 원통할 수가 없었다.

빨간색 반지!

그것만 있었어도 바로 숲에서 벗어나는 건데.

이제는 빨간색을 이 세상에서 가장 싫어할 것 같다.

터덜.

나는 지도를 든 채 터덜터덜 걸어갔다. 어깨에 힘이 빠지는 건 어쩔 수 없었다.

13

한 시간 정도를 헤매고 나서야 나는 표식 중 하나를 찾을 수 있었다.

내가 방향을 독특하게 잡고 왔는지, 이곳에서 협상의 장소까지의 거리는 여전히 두 시간 거리였다.

두 시간을 도망쳐 오고 한 시간을 헤맸는데, 여전히 거기까지의 거리는 두 시간.

참 헤매는 데 재주가 있는 모양이다.

"이젠 어디로 가지?"

지도를 펼쳤다.

해가 지는 시간은 점점 가까워진다. 어디선가 밤을 때워야 한다. 그냥 숲을 벗어나면 되겠지만, 적어도 6시간이 넘게 걸린다.

뿐만 아니라 다리의 힘도 풀려서 거기까지 걸어갈 힘도 없었다.

"아! 상급생들이 있는 곳으로 가면 되려나?"

곳곳에 있는 상급생들 중 한 명을 찾으면 침낭을 가져다 달라고 부탁을 할 수도 있고, 영 힘들면 숲에서 빠져나갈 수 있도록 부축을 해달라고 할 수도 있었다.

하지만 상급생의 수는 저녁에 가까워질수록 줄어든다.

아침에 가장 많은 수가 파견되고, 교대하면서 점점 수를 줄인다. 밤에는 몇몇 실력이 뛰어난 상급생들을 제외하고는 다른 사람들처럼 그들도 위험하기 때문이다.

아직 저녁은 아니지만, 그렇다고 상급생을 찾는 게 쉽지는 않을 것이다.

'그렇다면 다시 협상의 장소로?'

분명 그곳은 24시간 상급생들이 지킨다. 듣기로는 그쪽이 가장 안전한 곳이어서 뛰어난 상급생들이 교대를 하면서 한 명만 지켜도 상관없는 곳이라 한다.

"······!"

협상의 장소로 가면 그 이외에도 좋은 점이 없잖아 있을 것이다. 그 언덕으로 올라가면 내 짐이 그대로 있을지도 모른다.

넓적얼굴과 뱁새눈이 그것을 뒤져 보기는 하겠지만, 어디 내다 버릴 곳도 없으니 그대로 뒀을 확률도 있다.

"그래!"

나침반으로 방향을 살피고, 표식의 위치를 고려하여 협상의 장소를 향해 걸어갔다. 여전히 발이 무거웠지만, 일단 목적지가 정해지니 마음은 편했다.

<u>끄으으ㅡ</u>

이제는 친숙하게만 들리는 어둠의 숲의 울음소리. 으슬으슬한 기운이 몸을 덮었지만, 이제는 그 느낌마저 익숙해졌다.

'요하네스로 돌아가면 오히려 그게 더 이상할까?'

엉뚱한 생각을 하면서 천천히 협상의 장소를 향해 걸어가고 있었다.

어둠이 다가오고 있었지만, 그래도 어느 정도의 여유가 있기에 서두를 생각은 하지 않았다. 괜히 서두르다가 거기에 도착해서 체력 고갈로 쓰러지는 건 좋지 못했다.

챙챙!

"……?"

어디에선가 칼이 부딪치는 소리가 들렸다. 잘못 들었나 싶었지만, 끊이지 않는 소리. 누군가 싸우고 있는 소리가 확실했다.

잠시 고민했다.

그렇게 멀지 않은 곳에서 싸우고 있는 일행을 구경하러 갈 것인가, 아니면 계획대로 협상의 장소에서 내 짐을 찾거나 상급생에게 도움을 구할 것인가.

생각을 마치기도 전에 내 발은 이미 유혈극이 벌어지고 있는 방향으로 향하고 있었다.

협상의 장소에 침낭이 있을 확률은 그렇게 높지 않았다. 아니, 꽤 높기는 하지만 저기 유혈극을 벌이고 있는 곳에는 반드시 침낭이 있을 것이다. 그러니까 후자의 확률이 훨씬 높다는 뜻.

주저하지 않았다.

우거진 수풀을 헤치고 조용히 그들을 향해 다가갔다.

거무튀튀한 나무 뒤에서 얼굴을 빼꼼 내밀어 상대를 확인했다.

놀랍게도 무려 네 명이나 있었다.

"……!"

참으로 독특한 형국이었다.

남녀, 남녀가 팀을 이루어 반대편의 상대에게 맞서고 있었다. 정확하게 어떤 남자와 어떤 여자가 팀인지는 몰라도, 남자끼리만 한곳에서 검을 섞고, 여자끼리만 다른 곳에서 검을 섞고 있는 모습에서 분명 어떻게든 팀을 이루고 있다는 걸 알 수 있었다.

'착한몸매?'

착한몸매가 한참 도망을 갔다고 생각했는데…… 생각보다
그렇게 멀리 가지 않은 모양이다. 그녀의 스텝을 보니 다쳤다
고 연기한 게, 완전한 연기는 아닌 모양이었다.

게다 사실 내가 2시간을 전력 질주했으니…….

'뻣뻣대마왕의 지옥 훈련 때문에 체력이 많이 좋아지기는
했지.'

예전 같으면 상상도 못할 만큼 빠른 시간에 많은 거리를 달
려왔다. 내가 헤맨 시간이 조금 있었지만, 이 일행들도 꽤나
오래 싸웠는지 검이 많이 무뎌져 있었다.

탁.

나는 바위에 걸터앉았다. 어떻게 된 상황인지 조금 더 자세
하게 알 필요가 있었다.

사태가 생각보다 복잡하게 꼬여 있었기 때문이다.

착한몸매는 깐깐안경과 싸우고 있었다.

그렇다면 남은 두 남자는?

당연히 깐깐안경과 팀을 이룬 주먹코가 포함되어 있었다.

쾅!

놈의 투핸드 소드가 그대로 바닥에 꽂히면서 땅이 진동을
일으켰다.

정말 저 검을 그대로 받아내면 검이 동강날 게 확실했다.

주먹코의 검을 비껴낸 채 한 바퀴를 돌아 놈과의 거리를 좁혀 검을 찔러가는 건 놀랍게도 넓적얼굴이었다. 넓적얼굴은 나를 끝까지 쫓아오려고 했는지, 여기까지 온 모양이다.

뱁새눈이 없는 걸 보면 그는 아마 협상의 장소에서 넓적얼굴을 기다리나 보다.

'그런데 왜 넓적얼굴이 주먹코와 싸우고 있는 거지?'

착한몸매는 안타깝게 도망을 치다가 깐깐안경 일행과 만났다고 치자. 언제부터 그들이 대치 상태에 들어갔는지는 알 수 없지만, 공교롭게도 넓적얼굴이 서로가 만나는 시점에 바로 나타났다고 볼 수도 있었다.

"……."

상황을 가상해 볼수록 넓적얼굴과 주먹코의 상황은 이해할 수가 없었다.

'왜 착한몸매를 도와주지?'

슥슥.

나뭇가지로 흙바닥에 착한몸매, 넓적얼굴, 주먹코, 깐깐안경을 단순하게 그렸다. 그리고 주먹코와 깐깐안경를 둘러싼 원을 그렸다.

둘은 팀이었다.

착한몸매와 넓적얼굴에게는 큰 세모를 그려주었다. 이해

를 알 수 없는 동맹 관계.

그리고 착한몸매에서 넓적얼굴을 가리키는 긴 화살표를 그렸다. 그 위에 물음표를 그려주는 센스.

분명 착한몸매가 넓적얼굴에게 제시한 무엇인가가 있을 것이다.

"……."

나 혼자서 머리를 굴려봐야 그것이 무엇인지 알아낼 확률은 전혀 없었다.

나는 고개를 들어 착한몸매와 깐깐안경 쪽을 바라봤다.

캉!

깐깐안경의 날카로운 찌르기가 착한몸매의 아찔한 허리 라인을 노리고 들어갔지만, 착한몸매는 그것을 손쉽게 쳐냈다.

하지만 깐깐안경의 수는 그것으로 끝이 아니었다.

그녀는 스네이크 스텝을 밟으면서 눈 깜짝할 속도로 그 똑같은 점을 연속으로 찔렀다.

캉!

자세가 온전하지 않은 가운데 착한몸매는 간신히 그녀의 검을 막았고, 그 흐트러진 자세가 다시 회복되기도 전에 깐깐안경의 세 번째 수가 작렬했다.

카가강!

이번에는 그야말로 간신히 막아낸 착한몸매. 검이 비껴 맞은 탓에 그녀는 검의 힘을 고스란히 몸으로 받아야 했고, 그대로 엉덩방아를 찧었다.

깐깐안경은 검을 착한몸매의 목에 대고는 싸늘하게 그녀를 내려다봤다.

"반지를 내놓으면 목숨만은 살려주겠다."

살벌한 기운이 주위를 감쌌다.

살기 이외에는 그 어떠한 감정도 떠오르지 않는 깐깐안경의 차가운 눈. 미풍이 부는지 그녀의 검은 단발이 작게 일렁이고 있었다.

그때였다.

탁!

누군가가 그 큰 나무의 위에서 뿅, 하고 떨어졌다. 아무도 예상하지 못한 새로운 인물의 등장에 모두의 이목이 집중되었다.

팔에 노란 완장을 차고 있는 상급생이었다.

"살인은 허용하지 않는다. 그것을 명심해라."

탁!

그 말만을 남기고는 높이 뛰어올라 어디론가 사라진 상급생.

하도 신기해서 어디로 갔나 살펴봤지만, 그 어디에도 보이지를 않았다.

'와~ 살수하면 딱이겠네.'

청부 살인은 바로 저런 사람이 맡아서 하면 될 거라는 생각과 함께 차가운 물벼락을 맞은 듯 얼어붙은 그들의 대치 상태를 지켜봤다.

역시나 약삭빠른 착한몸매는 그 틈을 이용해서 재빨리 깐깐안경의 칼을 쳐내고는 자리에서 일어나며 그녀의 배를 걸어찼다.

"큭."

깐깐안경은 뒤로 두세 걸음을 물러났지만, 여전히 예기를 뿜어내는 검을 치켜들고 있었다.

'저 천하에 유일무이한 최고의 배신자 착한몸매는 저렇게 틈을 교묘하게 이용해서 나를 배신했지.'

으드득!

도대체 저 착한몸매를 어떻게 손봐야 분이 풀릴까.

그것을 곰곰이 따지고 있는 와중에 자연스럽게 일정한 거리를 둔 주먹코와 넓적얼굴의 상황을 살폈다.

쾅!

주먹코의 검은 또다시 번개가 내리꽂듯 거세게 땅을 때렸다.

놀라운 건 주먹코의 검이 땅에 꽂혔음에도 불구하고 바로 튕겨져 올라와 위로 치기를 구사한다는 것. 시간 간격의 차이가 거의 없었다.

턱!

하지만 넓적얼굴은 그런 틈마저도 이용하였다. 커다란 덩치와는 어울리지 않게 날렵한 스텝으로 위로 치기를 간단하게 피한 다음에 곧바로 검을 찔러 들어갔다.

역시나 사이 출신답게 찌르기는 쾌속이었다.

채채챙!

주먹코는 조금 무식하게 그것을 막아냈다. 두 손으로 손잡이를 잡고 있다가 하나를 떼어 검끝을 손으로 내려 검을 받치듯 잡아 꺾어 넓적얼굴의 검이 미끄러지듯 튕겨져 나갈 수밖에 없게 했다.

"쯧쯧."

두 놈을 보면 한숨밖에 안 나왔다.

주먹코는 분명 똑똑한 깐깐안경에게 이용당하고 있을 테고, 넓적얼굴은 필시 영악한 착한몸매에게 이용당하고 있을 것이다.

도대체 남자 녀석들이 머리가 있는 건지, 생각은 또 하는 건지…….

"……!"

놈들에게서 눈을 돌리려고 하는데, 어느 한 지점에서 눈이 딱 멈췄다.

'배낭!!'

넓적얼굴과 주먹코의 근처에 두 개의 배낭이 놓아져 있었다.

몰래 저 배낭을 훔쳐 올 수 있다면?

아니, 배낭도 필요없다.

반지 주머니만 있으면 된다. 분명 하나쯤은 빨간 반지가 있을 확률이 높았다.

'좋아!'

나는 수풀보다 훨씬 낮게 몸을 숙였다. 그리고는 천천히 기어갔다. 거의 반대편이 있었으니 크게 원을 그리며 기어가면 언젠가는 그쯤에 도착할 수 있을 것이다.

"흐윽."

그렇게 기어가다 뱀 한 마리를 발견했다. 누군가가 말했는데, 세모난 머리의 뱀이 있고 네모난 머리의 뱀이 있다고 한다.

그리고 둘 중 한 뱀에는 독이 있고, 다른 뱀에게는 독이 없다고 했다.

'......'

일단 S자를 그리며 기어가는 뱀은 동그란 머리였다.

'독이 있는 건가?'

"......"

어쨌든 훨씬 시간이 걸리더라도 더욱 큰 곡선을 그리며 뱀을 피해서 돌아갔다.

그렇게 한참을 돌았을 때였다.

살짝 고개를 들었다.

"흐억."

제대로 오기는 했다. 배낭이 꽤나 가까운 거리에 있었으니 말이다.

하지만 주먹코와 넓적얼굴이 싸우면서 자리를 많이 옮겼는지, 바로 코앞에서 둘이 검을 섞고 있었다.

휘이잉.

허공을 가르는 투핸드 소드.

카가강!

불꽃을 일으키는 두 검.

보이지는 않아도, 아주 생생하게 들려오는 격돌 소리에 더욱 천천히 배낭을 향해 기어갔다.

충분히 가까이에 도착하자 손을 뻗어 배낭 하나를 수풀의 안으로 끌어들였다.

스스스—

수풀의 안을 헤집는 소리가 들렸지만, 다행히 그 누구도 못 들은 모양이다.

천천히 배낭을 뒤지기 시작했다. 주먹코의 것인지, 깐깐안경의 것인지 확인할 수 없었지만 그래도 빨간 반지만 있으면 되는 것 아닌가?

바깥의 주머니들부터 뒤졌다. 배낭의 안은 워낙에 커서 어지간히 멍청하지 않으면 반지 주머니를 그곳에 둘 사람은 없었다.

물론 있을 수도 있었지만, 시간에 쫓기는 만큼 주머니들만 뒤지기 시작했다.

"……."

이십여 개의 주머니를 모두 뒤졌다. 안 그래도 마음이 급한데, 그 어떤 주머니에서도 반지 주머니가 발견되지 않자 손이 심하게 떨리기 시작했다.

그때 넓적얼굴의 목소리가 들려왔다.

"주머니를 내놓으면 그냥 조용히 물러나 주겠다!"

주먹코는 코웃음을 쳤다.

"웃기고 있군. 내가 가지고 있었어도 너한테 주는 일은 없다."

넓적얼굴의 조금은 허탈한 음성이 이어졌다.

"그렇다면 누가 가지고 있지?"

"반지는 모두 줄리가 보관한다."

너무도 친절하게 대답해 주는 주먹코.

캉!

둘은 곧 다시 싸우기 시작했다.

줄리가 곧 깐깐안경이니 그녀가 가지고 있다는 말. 그렇다면 내가 뒤진 배낭은 주먹코의 것일 확률이 높았다. 나는 웅크린 채로 다시 그 배낭을 바깥으로 밀어 넣었고, 그 옆에 있는 배낭을 수풀의 안으로 끌고 왔다.

크크크.

작은 돌들이 깔려 있었는지 이번에는 조금 큰 마찰음이 났다.

"……."

숨을 죽이고는 동태를 살피는데, 다행히도 그 어떤 변화도 없었다.

나는 재빨리 반지 주머니를 찾기 시작했다. 도둑질이라고 하기보다는 그냥 게임을 이기기 위한 편법에 지나지 않았지만, 주머니를 뒤지는 동안 빠르게 뛰는 심장과 거칠어지는 숨소리 등이 내가 얼마나 긴장했는지를 일깨워 주었다.

사실 굉장히 즐겁고도 흥분되었다.

머리가 나쁘면 손발이 고생한다는데, 나를 제외한 이들이 딱 그 꼴이다.

누군가가 자기들 짐을 뒤지고 있다는 생각도 못하고 있을 것이다.

"……."

마지막 주머니까지 뒤져 보았지만 그 어디서도 반지 주머니를 찾을 수가 없었다.

충격에 휩싸여 그 배낭마저 바깥으로 밀어냈다.

그때 시기적절하게 넓적얼굴의 질문이 들려왔다.

캉!

"근데, 내가 저 배낭을 가지고 그냥 도망가면 수월하겠지?"

"훗, 우리가 배낭에 반지 주머니를 숨길 정도로 멍청해 보이나?"

"그럼?"

"줄리는 반지 주머니를 항상 자신의 주머니에 보관한다."

캉캉캉!

챙챙챙!

둘은 다시 신나게 치고받기 시작했다.

'젠장!'

깐깐안경의 주머니는 몰래 훔치는 게 불가능했다. 그렇다고 지금 당장에 뛰어들어 깐깐안경을 무찌르고 주머니를 털 수는 없었다.

네 명.

무려 네 명이다.

내가 깐깐안경을 공격하면, 당연하겠지만 주먹코가 도우

러 올 것이다.

주먹코가 넓적얼굴과 싸우고 있으니 안심할 수 있다고 착
각할 수 있는데, 넓적얼굴은 내게 굉장히 화가 나 있는 상태
일 것이 분명했다.

내가 그들의 주머니를 털어갔으니 말이다.

그도 덩달아 덤빌 테고, 약삭빠른 착한몸매는 그 상황을 이
용해 도망을 칠 수도 있고, 아니면 역이용하여 나를 완전히
묵사발 낼 수도 있을 것이다.

그 후에 서로가 서로를 공격할 수도 있지만, 내가 가진 반
지는 굉장히 많았다.

착한몸매도 많았다.

깐깐안경과 주먹코도 꽤 되겠지?

나를 완전히 묵사발 낸 4명은 분명 게임을 끝낼 수 있을 만
큼의 반지를 얻을 수 있을 것이다. 그 이후에는 달리기 시합
이 되겠지.

'…….'

내 명석한 머리는 어떤 가정을 했을 때의 '결론'을 명쾌하
게 내려주었다.

그렇게 해서는 안 된다.

그렇다면 다른 반지 주머니를 노려야 된다는 말인데.

'착한몸매!'

착한몸매의 배낭도 여기에 있었다. 깐깐안경과 착한몸매의 쪽에 놓아져 있던 배낭. 기왕 여기까지 기어온 만큼, 힘을 조금 더 내어 거기까지 기어가기 시작했다.

그렇게 멀지 않았다.

고개를 아주 살짝 들어 배낭의 위치를 확인하고는 그것을 잡았다.

하지만 배낭이 얼마나 무거운지 살짝 잡아당겼는데 꿈쩍도 하지 않는다.

힘을 조금 더 주려고 할 때,

"줄리! 내가 이거 잡았어! 우리 도망가자!"

주먹코의 둔탁한 목소리가 귓가를 괴롭히며, 팔이 끊어지는 고통이 느껴졌다. 나는 그런 고통에도 배낭에서 손을 놓지 않았다.

"흐억!"

그와 함께 내 몸이 들려 수풀 사이로 빠져나왔다.

"……."

"……."

주먹코가 넓적얼굴과의 대화를 통해 좋은 방법을 떠올렸는지, 착한몸매의 반지 주머니를 훔치기 위해서 배낭을 집어 들었다. 그리고 그것을 꽉 붙잡고 있던 나도 덩달아 들려졌다.

넓적얼굴은 주먹코를 붙잡으려고 달려오는 중에 나를 보고는 얼어붙었다.

깐깐안경은 착한몸매의 아찔한 가슴골을 향해 검을 찌르는 도중에 나를 보고는 얼어붙었다.

착한몸매는 아찔한 가슴골을 향해 찔러 들어오는 검을 피하기 위해 옆으로 몸을 돌리는 중에 나를 보고는 얼어붙었다.

주먹코는 '나 잘했지?' 라는 얼굴로 줄리를 보고 있었기에 사태를 파악하지 못하고 있었다.

"안녕?"

나는 손을 흔들어줄 수밖에 없었다.

14

"여여, 진정들 해."

상당히 단순하면서도 복잡한 대치 형국이었다.

왜, 소설에 보면 그런 상황이 있잖은가.

사랑하는 여인을 구하기 위해서 적의 소굴에 제 발로 들어갔는데, 일이 꼬여서 주인공이 발각됨은 물론 모두의 이목을 한꺼번에 사는 그런 상황.

내가 딱 그 꼴이었다.

다만 나는 사랑하는 반지들을 구하기 위해서 왔을 뿐이

었다.

　나는 이제 소설처럼 멋지게 악당들을 다 퇴치하고 사랑하
는 반지와 함께 영원히 행복… 하게 사는 것이 아니라, 요하
네스로 돌아가야 했다.

　결말은 그러한데, 나는 아직 그 과정에서 고군분투하고 있
었다.

　네 명의 악당은 나를 향해 검을 겨누고 있었고, 나 역시 그
들을 향해 검을 겨누고 있었다.

　이 숲에서 합격받을 거라는 생각을 하고는 있었지만, 그것
이 네 명에게서 받을 것이라고는 추측조차 해본 적이 없었
다.

　"아니, 아까는 서로 치고받던 애들이 왜 갑자기 나한테 검
을 겨눈데?"

　머리를 긁적이며 어색하게 웃었다.

　적의 적은 동료라고 하던가?

　지금만큼은 하나같이 나만을 노려보고 있으니…….

　잠시의 정적을 깨고 깐깐안경이 입을 열었다.

　"네가 가지고 있는 반지 주머니를 내놓으면 목숨만은 살려
주겠다."

　"……."

　왠지 저 말을 듣고 불길해졌다.

아니나 다를까,

탁!

누군가가 하늘에서 뚝, 하고 떨어졌다.

아까 그 상급생이었다.

"살인은 허용하지 않는다. 그것을 명심해라."

"……."

"……."

나를 포함한 다섯 명 모두가 멍하니 그 상급생을 바라봤다.

탁!

그는 그렇게 또다시 하늘로 솟았다. 그리고는 사라졌다.

"휘우~ 참으로 신기하네?"

천천히, 그리고 자연스럽게 도망을 치려고 했다.

하지만…….

"허튼 생각하지 마!"

깐깐안경의 앙칼진 목소리가 들린다.

나는 그 네 명을 가만히 훑어봤다.

깐깐안경의 살기 어린 눈빛은 이해할 수 있었다. 그녀는 항상 내게 이상한 피해 의식을 느끼고 있었다. 절대 질 수 없다는 식으로 나를 죽여 버릴 듯 달려드는 그녀였으니, 이번에도 마찬가지겠지.

착한몸매는…… 일단 내게 찔리는 게 있었다. 방귀 뀐 놈이

성낸다고, 자기가 찔리니까 일단 나를 처리하고 보려는 거겠지.

넓적얼굴. 그렇다. 놈의 반지 주머니를 내가 가지고 있으니 이해할 수 있다.

주먹코.

주먹코…….

"야, 주먹코! 넌 왜 넓적얼굴을 공격 안 하고 나한테 검을 겨누지? 나랑 네 형이랑 꽤 친한 거 알잖아?"

흉터괴물이랑 나랑 근래에 꽤 친분을 쌓고 있다. 놈은 '왠지 네가 좋아졌다. 이상하군. 싸가지없는 놈이라고만 생각했는데 뭐가 달라진 거지?' 라고 중얼중얼거리더니 갑자기 나한테 잘해주었다.

마빡대표는 예전의 그 여장 공작이 잘 먹혀서라고 말해주었고 그 이후로 나는 흉터괴물을 꺼리기만 했지만, 어쨌든 나름 친분이 있다고는 할 수 있었다. 물론 지극히 한쪽 방향으로.

주먹코는 머리를 긁적였다.

"다른 애들도 다 하니까."

"……."

역시 놈의 이유는 지극히 단순했다.

그때 또다시 깐깐안경이 말했다.

"딴생각하지 말고 빨리 반지 주머니를 내놓으시지?"

어떻게 보면 히죽거리고 있는 것 같은 깐깐안경. 지금 이 상황을 즐기는 모양이다.

나는 머리를 굴렸다.

방법이야 많이 떠올랐지만, 썩 괜찮은 게 떠오르지 않았다.

"아참!"

하지만 하나 정도는 떠올랐다.

모두의 이목이 집중되었다.

"내 정신 좀 봐. 내가 너희 네 명을 이길 수 있을 리가 없잖아. 난 이기는 게임이 아니면 안 하니까 그냥 포기할게. 반지 주머니 그냥 줄게."

"……."

"……."

내가 순순히 준다고 하자 오히려 그것이 이상한지 네 명의 눈이 얇아졌다.

나는 미소를 지었다.

그리고 내 허리에 붙어 있는 작은 가방을 뒤졌다.

"그런데 반지 주머니를 누구한테 주면 되는 거냐?"

"……."

"……."

가방을 열심히 뒤지는 척하며 네 명을 힐끔 쳐다봤다.

내 손은 계속해서 가방 속에서 꼼지락거리고 있었다. 그리고 조금씩조금씩만 훔쳐봤기 때문에 그들은 내가 그들의 표정을 살피고 있는 걸 모를 것이다.

네 명은 서로 복잡한 시선을 교환하고 있었다.

이렇게 되면 문제가 굉장히 복잡해진다.

반지를 받게 될 사람은 한 명이다.

그런데 받아야 하는 사람은 네 명.

모두가 한 팀이면 되는데, 안타깝게도 주먹코와 깐깐안경을 제외하고는 모두가 다른 팀이다. 내 팀조차도 적의 편에서 있다.

그때 깐깐안경이 가장 먼저 지금의 상황이 얼마나 크게 번질지 알아채고는 제지에 나섰다.

"우리끼리 싸울 필요는 없어. 일단은 놈에게서 반지를 받아야 한다. 우리가 신경전을 벌이는 건 딱 놈이 원하는 거다. 반지는 팀 별로 똑같은 개수를 나눈다. 이 정도면 공평하지?"

착한몸매야 반지 욕심이 없을 테니 고개를 끄덕였다. 주먹코야 깐깐안경의 노예나 다름없으니 고개를 끄덕였다. 하지만 넓적얼굴…….

넓적얼굴이야말로 내가 딱 원하는 그런 반응을 보이기 시작했다.

"웃기지 마! 그 반지는 우리 팀 거다! 크리스가 나랑 알렉스에게서 훔쳐 간 거라고!"

깐깐안경은 그런 넓적얼굴의 반응을 예상도 못했는지 입술을 깨물었다. 그녀의 입장에서 넓적얼굴의 말은 그야말로 과한 욕심에 의한 거짓말이라고 여겨질 뿐일 것이다. 그리고 그 이유야 어쨌든 한 팀에서 과한 욕심을 보이면 협상이라는 게 이루어질 수 없는 법.

깐깐안경은 안경을 고쳐 썼다.

'오~'

그건 절대 좋은 반응이 아니었다. 그녀의 성질이 조금씩 모습을 드러난다는 오프닝이었다.

"그게 무슨 말이지?"

"우리 팀이 협상의 장소에서 기다리고 있는데, 크리스가 갑자기 튀어나오더니 배낭에서 우리의 반지 주머니를 훔쳐서 도망쳤어. 당연히 나랑 알렉스는 크리스를 쫓아왔고, 그렇게 쫓아가다 알렉스는 짐을 지켜야 된다는 생각에 그곳으로 돌아갔고, 나는 여기까지 오게 되었지."

넓적얼굴의 대답에 나는 피식 웃을 수밖에 없었다.

놈은 그가 뱁새눈이랑 싸우다가 돌아와 보니 반지 주머니가 없어졌다라고 곧이곧대로 말하지는 않았다. 그렇지만 뭐, 자잘한 부분은 넘어가 줄 수 있었다.

깐깐안경의 눈이 더욱 얇아졌다.

사실 딱 들어보면 넓적얼굴의 말은 거짓말 같다. 하지만 넓적얼굴이기 때문에 믿을 수밖에 없다. 넓적얼굴은 거짓말을 하지 않는다. 애가 조금 변하기는 했지만, 그래도 이런 부분에 대해서 거짓말을 하지 않기 때문에 이들은 불편한 진실을 믿지 않을 수 없었다.

"그게 사실이야?"

만약 깐깐안경의 눈빛이 칼이었다면, 나를 수백 번도 더 낭자했을 것이다. 그녀는 그런 눈빛으로 나를 째려보면서 차갑게 내뱉었다.

"그래, 그럼 이걸 넓적얼굴한테 그냥 돌려줄게."

나는 반지 주머니를 펼쳐 그들에게 정말 그 안에 반지가 들어 있음을 확인시켜 주고는 그것을 넓적얼굴에게 던졌다.

아무 미련이 없었다.

넓적얼굴은 얼떨떨한 표정으로 그것을 받아 들었다.

"……."

나는 숨을 죽이고는 넓적얼굴을 가만히 바라봤다. 그는 주머니를 열어 대충 확인하고는 그것을 재빨리 주머니에 집어넣었다.

나머지 세 명의 눈빛이 심상치 않아서였다.

깐깐안경은 눈썹을 찡그리며 나를 노려봤다.

나는 두 손을 들어 더 이상 줄 게 없다는 제스처를 보냈다.

그렇게 지금의 상황이 대충 일단락되는 듯했다.

넓적얼굴은 뱁새눈에게 돌아갈 채비를 했고, 착한몸매는 지금의 상황이 굉장히 불편한지 창백한 얼굴로 슬금슬금 이곳을 벗어나려 했다.

주먹코야 깐깐안경을 기다렸다.

깐깐안경⋯⋯.

깐깐안경은 분하다는 얼굴로 나를 조각조각 훑어봤다.

'빨리.'

간절히까지는 아니지만, 내가 원하는 시나리오대로 흘러가도록 빌었다.

깐깐안경이 조금만 더 머리를 쓰면 비록 지금 시간에 쫓긴다는 압박감을 느끼고 있더라도, 깐깐안경 정도라면 그 생각을 할 수 있을 텐데.

'힘내!'

나는 깐깐안경을 응원하고 있었다.

넓적얼굴이 채비를 다하고 막 달려가려던 찰나, 착한몸매가 공터에서 거의 벗어나던 그 순간!

"잠깐."

득의양양한 표정의 깐깐안경이 입을 열었다.

15

"잠깐."

넓적얼굴과 착한몸매는 순간 얼어붙었다. 그들의 얼굴에서 과연 도망을 갈지, 아니면 무슨 일이 일어날지 조금은 더 지켜봐야 할지 고민하는 표정이 떠올랐다.

넓적얼굴도, 착한몸매도 결국에는 다시 중간으로 모였다.

깐깐안경이 그들 중 하나를 쫓는다면, 분명 주먹코와 그녀의 합격으로 인해 있는 반지를 다 빼앗길 것이다. 그러느니 차라리 일단은, 일단은 그녀가 무슨 말을 할지 듣는 게 나았다.

자신한테 불리한 것이라면 그때 도망가면 되기 때문이다.

그들의 생각을 읽을 수 있다는 걸 알아차리고 나는 미소를 지었다.

"뭔데?"

마치 세상의 모든 것을 소유한 그런 사람의 얼굴을 한 깐깐안경이 옅은 미소를 띤 채 입을 열었다.

"한 가지 잊은 게 있었군."

'역시.'

깐깐안경은 내 예상대로 움직여 주고 있었다.

"네가 그렉의 반지 주머니를 돌려줬다고 하자. 그렇다면 원래 네 반지는 어디에 있지? 네 반지가 있을 것 아니야? 그것을 주면 목숨만은 살려주겠다."

"……."

"……."

깐깐안경의 지적이 굉장히 예리했다는 사실 말고 조금 다른 이유에서 우리의 시선은 그녀에게 쏠렸다. 물론 깐깐안경도 얼른 입을 손으로 가렸다.

하지만…….

탁!

또다시 노란 완장을 차고 있는 상급생이 나타났다.

"살인은 허용하지 않는다. 그것을 명심해라."

"……."

"……."

또 나타나 또 똑같은 말을 하고는, 또 탁! 하더니 하늘로 솟아 증발해 버리는 상급생. 우리는 그 모습을 멍하니 지켜볼 수밖에 없었다.

그리고는 그 상급생이 나타났다는 사실을 모두가 무시한 채 다시 아까 전의 상황으로 돌아갔다.

"내놔."

깐깐안경은 손을 내밀었다.

'아, 멋져.'

깐깐안경은 역시 멋지다.

내 생각대로, 그대로 행동을 해준 게 너무 좋았다.

그리고 그 와중에도 자기가 손을 내밀어 반지를 그녀에게 줄 수밖에 없도록 상황을 유도하다니. 그렇게 되면 그녀가 분배를 담당하게 된다.

분배의 공정성은 확실하겠지만, 깐깐안경은 그것보다는 권력에 관심이 있는 것이다. 그녀에 의해 상황이 조정되는 그런 권력.

'깐깐안경은 권력을 좋아하는구나.'

나는 미소를 지었다.

만족스럽다는 미소.

하지만 이내 그것을 바꿔 조금 곤란하다는, 그러니까 멋쩍은 미소를 지었다.

"그게……."

착한몸매는 그제야 지금의 상황을 알아챘는지, 조금씩 뒷걸음질을 치고 있었다.

"나, 배신당했어. 저기 착한몸매가 밤에 갑자기 날 덮치더라고. 그것도 알몸으로."

막 도망을 치려던 착한몸매는 석상처럼 굳어져서는 한참 동안 패닉 상태에 빠져 있었다.

하지만 그것도 잠시, 석상을 깨고 그녀가 소리를 냅다 질렀다.

"내가 언제!!"

너무도 흥분한 착한몸매. 도망가야 된다는 사실을 벌써 잊었나 보다.

미소를 지우기 힘들었다.

"넓적얼굴, 주먹코. 생각을 해봐. 착한몸매가 알몸으로 달려들어. 너희들 같으면 어떻게 하겠어?"

주먹코는 얼굴을 붉히며 아무 말도 못했고, 넓적얼굴은 '아, 나의 화려한 테크닉으로 불타는 밤을……' 까지 말하고는 깐깐안경에게 얻어터졌다.

"간단하게 요약해!"

착한몸매는 당장에라도 나를 오체분시할 듯 달려들려고 했지만 깐깐안경에게 제지당했다.

"그래, 넓적얼굴의 말대로 밤새 어둠의 숲을 후끈 달아오르게 했지."

피식 웃으면서 '착한몸매 짱이야, 짱' 이라고 모두가 들을 수 있을 정도로 작게 속삭여 주는 센스도 잊지 않았다.

착한몸매는 검까지 꺼내 나를 죽이려 들었다.

다행히도 깐깐안경이 시기적절하게 나서서 막아주었다.

"난 너무 힘들어서 늦잠을 잤어. 그런데 아침에 눈을 떠보니 착한몸매가 사라져 있지 않겠어? 나는 깜짝 놀라서 그녀를 찾았지."

또다시 피식 웃으면서 '원래 밤보다는 아침의 것이 진국이라잖아' 라고 모두가 들을 수는 있을 정도로 작게 속삭여 주는 센스도 잊지 않았다.

착한몸매가 '크아! 죽여 버릴 거야!' 라며 광분했지만, 이번에는 콧구멍을 벌렁벌렁거리며 이야기를 끝까지 듣고 싶어 하는 넓적얼굴과 주먹코가 그녀의 양쪽 팔을 잡았다.

"아, 목말라."

너무 이야기를 했더니 목이 마르다. 그러자 황급히 주먹코가 물병을 찾아다 주었다. 뚜껑까지 열어주는 친절함을 보이면서.

"빨리 요약 안 해?"

깐깐안경은 발정난 주먹코와 넓적얼굴을 보고는 고개를 절레절레 흔들며 날 재촉했다.

"그런데 내 짐에서 반지들이 없어졌어. 그걸 착한몸매가 훔쳐 간 거지. 쟤 품을 뒤져 보면 반지가 굉장히 많을걸? 적어도 12개는 있을 거야. 그게 쟤 혼자의 거겠어? 그리고 생각을 해봐, 깐깐안경. 쟤 혼자 다니고 있었던 이유가 뭐였겠어? 그리고 처음에 봤을 때 조급해 보였지? 그게 다 날 배신해서였다고."

"……."

여전히 넓적얼굴과 주먹코에게 붙잡혀 있던 착한몸매. 도
망을 가려고 필사적으로 움직였지만, 안타깝게도 한 명의 여
인이 건장한 넓적얼굴과 주먹코의 품에서 벗어날 방법은 없
을 것이다.

깐깐안경은 의심에 가득 찬 눈초리로 나를 노려봤지만, 그
녀는 이 상황을 이용할 것이다. 잠깐 고민하겠지만, 당연히
그렇게 선택할 것이다.

진실이 어쨌든 내가 등장하기 이전의 깐깐안경의 목적, 그
러니까 착한몸매의 반지 주머니를 빼앗는 목적이 달성되기
때문에.

'빙고.'

깐깐안경의 눈빛에 탐욕이 이는 건 순식간.

저절로 미소가 지어졌다.

폭소를 참는 게 힘들었다.

이제 모두의 관심은 그녀에게로 쏠렸다.

대치 형국은 이렇게도 쉽게 바뀌었다.

16

"응응!"

어느새 착한몸매는 밧줄에 온몸이 묶였고, 입에는 천이 여러 겹 묶여져 말은 조금도 할 수 없었다. 뭔가 굉장히 할 말이 많아 보였는데, 조금은 불쌍했다.

나는 착한몸매의 머리를 쓰다듬었다.

"그러니까 왜 날 배신했어. 그래도 난 관대하니까 용서해줄게. 누가 몸을 쓰면서까지 배신을 하려고 작정을 하겠어. 흐흐."

"응응!'

필사적으로 발악하는 착한몸매.

안타깝게도 그녀는 내 상대가 되지 못했다.

깐깐안경은 착한몸매의 배낭을 뒤져서 나온 반지 주머니의 속을 확인하고 있었다.

"이렇게나 많다니."

그녀도 놀라는 얼굴이었다. 수가 많아서가 아니라 반지가 색색별로 다 있다는 점에서 감탄을 하는 듯했다.

"내 말이 맞지?'

나는 입술을 삐죽 내밀었다.

그녀는 묵묵히 고개를 끄덕였다.

우리는 반지 주위로 모여들었다.

깐깐안경은 나를 경계했다. 넓적얼굴과 주먹코는 침을 흘리며 반지에서 눈을 뗄 줄을 몰랐다.

'이제부터 조심해야 되나?'

내 작전은 단순했다.

그 작전이 성공하면 내가 꿈꾸는 이상적인 결말이 이루어질 것이다.

넓적얼굴과 주먹코는 아무런 상대도 되지 않는다. 깐깐안경만 조심하면 된다.

"자아."

내가 일단 반지 주머니를 집어 들었다. 놈들은 경계를 했지만, 내가 도망갈 기색이 없자 가만히 노려보기만 했다.

"도망 안 갈 테니까 긴장 풀어. 자, 이 반지를 최대한 공평하게 나누는 게 우리의 목표겠지? 원래라면 내가 다 가지는게 맞지만, 내가 너희들 전체를 상대로 이것을 지켜낼 수 있는 방법은 없잖아."

"……."

깐깐안경은 '너, 무슨 꿍꿍이가 있는 거냐?'라는 눈빛으로 내 눈을 뚫어져라 쳐다봤다.

"게다가 나 지금 몸 상태가 별로 안 좋아. 착한몸매가 음식을 만들 때 이상한 걸 집어넣었는지, 요 며칠 동안 아무것도 못 먹고 토만 했거든? 싸울 힘도 없어."

억지로 엄살을 피웠다.

이 방법은 물론 착한몸매에게서 배웠다. 어디서 건방지게 다리가 무진장 아픈 척을 해서 하루 종일 내가 부축하게 만들었는지.

깐깐안경은 여전히 못 믿는 눈치였다.

"아픈 사람 너무 노려보지 마."

진지하게 목소리를 깔고 말했다. 웃음을 참기가 힘들었지만, 그래도 애써 울상을 지었다. 깐깐안경도 여자이고 사람인지 내가 아프다고 호소하니 조금은 누그러진 얼굴로 고개를 끄덕였다.

'흐으.'

웃고 싶어졌다.

하지만 괜히 초를 칠 수는 없었다.

다음이 중요했다.

"깐깐안경, 잠깐 네 반지 주머니를 줘봐."

"…미쳤군."

"야, 나, 너희들과 싸울 기력도 없다니까. 공평하게 나눠줄 테니까 걱정하지 마. 불공평하다고 생각되면 날 그냥 때려눕히면 되잖아?"

그 방법이 굉장히 마음에 들었는지, 깐깐안경은 미소를 지으며 내게 반지 주머니를 건네주었다.

나는 대충 거기에 있는 반지들을 짝지어 셌다. 다른 색은 모두가 2개 아니면 3개가 있는데 주황색은 하나, 초록색도 하나였다.

"나도 쥐야 하나?"

그때 갑자기 넓적얼굴이 자기의 반지 주머니를 꺼내려고
했다.

나는 황급히 그를 제지했다.

"아냐, 네 것은 내가 이미 봤잖아. 지금까지 가지고 있으면
서 그 속도 안 봤겠어?"

"그렇지만 몇 개가, 어느 색이 있는지 확인하는 거 아니었
어?"

"맞아."

넓적얼굴, 은근히 예리하다.

"그걸 정확하게 알아? 잊어버렸을 수도 있잖아."

또 자기네가 분배를 이상하게 받을까 봐 걱정하고 있는 넓
적얼굴.

"내가 너냐? 나 머리 좋거든? 너희 빨간색 반지 하나 있으
면 다 2개씩 있잖아."

"오오, 맞아."

내가 잊어버렸을 리가 없다. 하필이면 그때 놈들에게 빨간
색 반지를 하나 남겨줘서 내가 여기서 이 꼴로 이러고 있는
게 아닌가.

"자아, 내가 반지를 어떻게 분배할지 가르쳐 줄게."

모두의 눈이 반짝였다. 특히 깐깐안경은 무슨 함정이 없는지, 있으면 그것을 모두 파헤치겠다는 무서운 눈길을 보냈다.

"깐깐안경 팀은 주황색 1개, 초록색 1개를 필요로 해. 넓적얼굴 팀은 빨간색 1개가 필요하지."

일단 깐깐안경의 반지 주머니를 그녀에게 돌려주었다.

내가 너무도 순순히 건네주자 조금 얼떨떨한 표정의 그녀였다.

"자아, 일단 깐깐안경에게 주황색 반지 하나를 주겠어. 그러면 이제 초록색 하나만 있으면 너랑 주먹코랑 모두 게임을 끝낼 수 있지?"

둘은 고개를 끄덕였다.

넓적얼굴은 '나는?' 이라는 얼굴로 침을 흘리면서 나를 애타게 보고 있었다.

"그럼 이제는 너희들이 있는 색의 반지를 줄 거야."

그리고는 그들이 이미 있는 색의 반지를 주었다. 그들에게 6개의 색 모두를 맞춰 줄 생각은 조금도 없었다.

이윽고 나는 반지가 한 개밖에 안 남았다.

그리고 깐깐안경과 넓적얼굴 팀은 딱 반지가 1개 모자란 채로 다른 반지들이 넘치게 되었다.

"......?"

"······?"

그들은 나를 이상한 눈으로 바라봤다.

"너희들에게 하나씩 모자라게 준 건, 서로 협상의 장소에 가서 거래를 하라는 뜻에서야. 6개씩 다 맞춰 주면 너희들은 달리기 시합을 하게 될 거 아니야? 그러면 게임의 의미가 없지. 협상의 장소에 가서 서로 거래를 하면서 서로에게 필요한 반지를 얻어내란 말이야."

"······."

"······."

굳이 그렇게 할 이유가 없지 않느냐는 셋의 표정. 하지만 조금 시간이 흐르자 그 셋은 각자의 시선을 교환했다. 내 말이 맞기 때문이다.

서로 다 맞춰 주면 일단 요하네스로 가장 빨리 도착하는 사람이 우승.

달리기 시합이 된다.

나는 일단 깐깐안경의 귓가에 속삭였다.

"너 정도면 넓적얼굴을 완전히 농락시킬 수 있잖아. 안 그래도 한바탕 싸워서 지금 체력이 바닥이잖아. 넓적얼굴이랑 달리기 시합해서 이길 자신 있어? 저런 짐승, 그 자체인 놈한테? 머리로 가볍게 눌러줘."

깐깐안경은 조금은 확연한 미소를 지었다.

뻣뻣대마왕의 딸이나 다름없는 얼음공주인 깐깐안경이 말이다.

원래 사람은 칭찬에 약하다.

깐깐안경도 말이다.

그녀는 벌떡 일어나 넓적얼굴을 재촉했다.

"따라와."

넓적얼굴은 여전히 따라가야 하는 이유를 모르겠다는 얼굴이었다.

"야, 그냥 따라가. 깐깐안경이 주먹코랑 합격을 펼치면 너 어떻게 할래? 또 그냥 털리는 거야."

넓적얼굴은 그건 또 생각 못했다는 얼굴로 당장에 그들을 따라나섰다.

깐깐안경은 떠날 채비를 하며 내게 물었다.

"넌 왜 포기하는 거지?"

반지를 왜 다 포기했느냐는 것이다. 분명 그는 내게 몇 개의 반지는 남겨줄 의향이 있었겠지만, 내가 그것을 알아서 모두 포기하니 이상한 모양이다.

"너무 지쳤거든. 그냥 포기하려고. 나 먼저 요하네스로 가 있는다. 그 괴짜노처녀가 뭐라고 하든 일단 가서 잠부터 자야겠어."

기권하는 방법도 있다.

그냥 나가면 괴짜노처녀가 어떻게 할 것인가.

"쯧쯧."

'어쩔 수 없는 놈'이라는 얼굴로 혀를 차는 깐깐안경.

"근데 왜 빨간색 반지 하나는 남겼지? 포기할 거라면 다 내놨어야지?"

내 손에 끼어 있는 마지막 반지 하나.

유일하게 남겼다.

"그거야 꼴찌는 가려야 되잖아. 하나라도 가지고 있으면, 여기 이 배신자가 꼴찌로 정해지지 않을까?"

착한몸매는 여전히 '응응' 하면서 뭔가를 말하고 싶어 죽으려 했지만, 내가 그녀를 풀어줄 리가 없었다.

"그럴 수도 있겠군. 그럼 이따 요하네스에서 보겠군."

그녀는 그 말만을 남기고 주먹코와 넓적얼굴을 데리고 협상의 장소로 향했다.

나는 그들이 흐릿해져 가는 그 순간까지 착한몸매의 옆에 앉아 있었다.

그들이 시야에서 완전히 사라졌을 때였다.

나는 천천히, 그리고 여유롭게 착한몸매의 배낭을 뒤져서 부싯돌과 장작거리를 꺼냈다.

딱, 딱!

치이익.

그리고는 작은 장작불을 만들었다. 곧 해가 질 테니 야수와 추위에 대비해야 했다.

나는 착한몸매를 내려다봤다.

제발 풀어달라고 애걸복걸을 하고 있는 그녀의 두 눈빛.

결국 관대한 나는 그녀의 입가의 천을 풀어주었다.

"개자식!"

"어? 다시 묶어줘?"

"……."

착한몸매는 아까의 음담패설에 자존심이 많이 상했는지 평상시에 안 하는 욕설까지 했지만, 내 지혜가 뛰어나 쉽게 치료했다.

"하아, 그럼 이제 반지들을 끼어볼까?"

착한몸매가 이상하게 올려다봤지만, 나는 피식 웃으며 허리의 작은 가방을 뒤졌다.

그리고 그 속에서 반지 주머니를 꺼냈다.

착한몸매의 두 눈이 휘둥그레진다.

그것에 아랑곳하지 않고 반지 주머니에서 반지들을 하나 둘씩 꺼냈다.

일단 빨간색은 이미 끼고 있었다. 그리고 주황색, 노란색, 초록색, 파랑색을 차례대로 꼈다. 물론 엄지에는 들어가지 않아 다른 손에 꼈다.

착한몸매는 경악했다.

너무도 놀라 입이 자유로운 데도 그 어떤 말도 하지를 못했다.

나는 그녀를 보며 다시 한 번 미소를 지어주었다. 그리고 마지막으로 보라색 반지를 꼈다.

이걸로 반지들을 모두 모았다.

그렇다.

하나도 빠짐없이.

빨간색, 주황색, 노란색, 초록색, 파랑색, 보라색.

6개.

나는 궁금해 미치려고 하는 착한몸매를 보면서 말했다.

"어떻게 했는지 궁금해?"

그녀는 미친 듯이 고개를 끄덕였다.

"분명히 내가 가지고 있던 반지들은 네가 훔쳐 갔지? 그리고 내가 넓적얼굴 팀에서 훔쳐 온 건 놈에게 줬고. 그나마 너에게서 되찾은 것도 이 빨간색 말고는 다른 팀에게 다 나눠 줘 버렸고."

"어!"

드디어 말을 하기 시작하는 착한 몸매.

역시 기쁨은 나눌수록 좋은 것.

"그럼 어디선가 내가 이 여섯 개의 반지를 빼돌렸다는 말인데, 언제였는지 알겠냐?"

"빨간색만!!"

빨간색은 모두가 보는 앞에서 받았으니 그거야 쉽게 알아
맞출 수 있었다.

"흐음, 이거 말해줘야 되나? 슬슬 요하네스로 돌아가기 시
작해야 되는데 날이 어두워지려고 하잖아. 전력 질주를 해서
최대한 이 지역에서 벗어나야 돼."

"빨리 말 안 해?!"

착한몸매도 호기심을 참지 못하는 모양이다.

나는 그녀의 애간장을 태우다가 아주 어려운 부탁을 들어
주듯 입을 열었다.

"그럼 내가 알려줄 수밖에 없네. 내가 넓적얼굴 팀에게서
반지를 빼돌린 건 알고 있지?"

"그건 돌려줬잖아."

"맞아."

착한몸매는 또다시 얼굴을 붉혔다.

"장난해?"

그녀가 화를 내는 모습을 잠시 음미를 하다 이내 지루해져
서 한꺼번에 털어놓았다.

"하지만 다 돌려주지는 않았어. 넓적얼굴과 뱁새눈의 반지
주머니 두 개를 훔쳤지? 그거를 원래 하나로 섞었는데, 내가

깐깐안경을 말로 교란시키는 동안에 모두가 보는 앞에서, 그러니까 이 가방 안에서 그걸 두 개로 다시 나눠놓았어. 결국 넓적얼굴에게 준 건 내가 필요없는 것만 들어 있는 주머니야."

착한몸매는 눈을 부릅떴다.

"아까 분배는 어떻게 할 거냐는 말을 할 때 말이지! 그때 가방에서 손이 계속 꼼지락거리기에 이상하게 생각은 했는데!!"

어지간히도 억울해 보이는 착한몸매. '그때 지적했으면 딱 걸리는 건데!' 라고 중얼거렸지만, 뭐, 후회하기에는 이미 늦었다.

"그리고 넓적얼굴 팀의 주머니에서 빨간색 반지가 없기에 그것을 나중에 그럴싸한 거짓말로 받은 것뿐이야. 아주 쉬운 방법이지."

이리하여 내가 게임에 우승할 수밖에 없다.

놈들은 협상의 장소로 가기에 바쁘고, 나는 요하네스로 돌아가기에 바쁘다. 완전히 반대쪽의 길이기 때문에 내가 이길 수밖에 없는 게임.

모닥불도 제법 컸겠다 떠날 채비를 했다. 손에서 반짝이는 반지들에게 뽀뽀를 쪽~ 해주었다.

착한몸매 손 부근의 밧줄을 풀어주려고 했다. 손을 풀어주면 금세 다른 밧줄을 다 풀지는 못하겠지만, 그래도 천천히 조금씩 풀지 않겠나?

그때 착한몸매가 무엇인가를 곰곰이 생각하던 얼굴로 물었다.

"그런데, 그렉 쪽은 빨간색 반지 하나만 모자란다고 했잖아. 그렇다면 원래 빨간색 반지 하나는 있는 거 아니야?"

"……"

"그렇다면 그냥 게임을 끝낼 수 있었잖아. 뭣 때문에 다시 여기로 온 거야?"

"……"

정곡을 찔렀다.

이야기를 너무 자세하게 해주었나?

착한몸매는 내 표정을 살피더니 폭소를 터뜨렸다.

"푸하하, 너 혹시 빨간색 반지 하나 잊어버린 거니? 어쩜 그리 멍청하니?"

"……"

나는 자리에서 벌떡 일어났다.

'사실은 내가 놈들을 비웃어주려고 일부러 놓고 왔다!'라고 말할 자신은 없었다.

대신 나는 요하네스 쪽으로 걷기 시작했다.

"……"

착한몸매는 그제야 그녀의 입장을 파악한 모양이다.

"야!"

나는 뒤도 돌아보지 않았다.

"훗."

하지만 웃음을 참기는 힘들었다.

그녀는 유유히 내가 멀어져 가는 모습을 지켜봐야 할 것이다.

"크리스!"

너무도 절박하게 들리는 목소리. 그녀가 날 배신하지만 않았다면 나는 당장에 달려가서 단번에 그녀의 밧줄을 풀어줬으리라.

"날 이렇게 내버려 두고 가는 거야?!"

"어."

"밤이 다가오잖아!"

"그래서 모닥불을 피운 거야."

"……."

점점 그곳에서 멀어져 갔다.

거의 벗어났을 때 즈음이었다.

"농담 재밌었어. 이제 제발 풀어주면 안 돼?!"

"흐흐, 이렇게 애걸복걸할 거면서, 뭐? 멍청하니? 이젠 누가 비웃냐, 으흐흐."

미련없었다.

그녀를 그냥 두고 갈 것이다.

어차피 자신의 반지 주머니가 많이 빈다는 사실을 넓적얼굴이 알아채면 다시 이곳으로 돌아올 것이다. 그리고 착한몸매를 발견하고는 풀어주겠지.

'아, 깐깐안경이 이 모든 사실을 알아낼 때의 표정을 봐야 하는데.'

억만 골드를 주고서도 볼 만한 표정.

분명 그런 훌륭한 표정일 텐데, 이렇게 일찍 요하네스로 돌아가야 하는 내 신세가 처량하다.

"크리스! 날 풀어주면 뽀뽀해 줄게!"

평소 쿨하던 착한몸매.

사람의 본래 성격을 파악하기 위해서는 그 사람과 게임을 해보라는 말이 있다. 그래서 아버지는 체스를 굉장히 좋아하셨다.

체스를 하다 보면 각 상황에 따라 그 사람의 반응을 보고, 과연 그 사람이 어떤 성격을 가졌는지 알 수 있기 때문이다.

착한몸매는 이런 사람이었다.

"아까 네가 지어냈던 이야기를 그대로 해줄 수도 있는데?!"

"……."

두 발이 저절로 멈춰졌다.

거짓말인 게 뻔하지만 이상하게도 발은 멈췄다. 그것으로 끝이 아니라 저절로 뒷걸음질까지 친다. 이성이 자제하고 있지 않으면 당장에 달려갈 태세다.

'뭐야, 발이 멋대로 움직여! 무서워.'

나는 필사적으로 본능과 피 터지는 싸움을 벌여 결국에는 내 몸의 제어권을 회복했다.

"내가 지어낸 이야기라니? 다른 애들은 이미 사실이라고 생각하고 있다고. 흐흐흐."

실제로 일어나지 않았던 일이면 어떠냐.

다른 사람들은 다 그게 사실인 줄 알고 있으면, 그걸도 된 거 아닌가?

"합합!"

나는 가볍게 뛰기 시작했다. 빨리 움직이지 않으면 위험한 지역에서 어둠을 맞이하게 된다.

어디선가 '크리스으~'로 들리는 절규의 소리가 들렸지만, 어둠의 숲에서는 워낙에 환청이 많이 들려서.

이겼다.

이 빌어먹을 게임에서 이겼다.

"푸하하!"

17

바람이 살랑살랑 불어 머리카락이 가볍게 일렁인다. 하늘이 일 년 중 그 어느 때보다도 뜨거운 기운을 토해내고 있었지만, 날이 습하지가 않아서인지 큰 나무에 의한 그늘 속에서는 그 더위가 조금도 느껴지지 않았다. 오히려 바람 때문에 시원할 뿐이었다.

하지만 그건 내 입장에서 봤을 때이고, 열기를 고스란히 흡수하는 모래 운동장에서 전력 질주나 다름없는 속도로 달리고 있는 이들의 입장에서는…….

"헥헥헥."

검은 단발이 햇빛에 반사되어 더욱 윤이 날 법도 하지만, 오히려 그 더위 속에서 운동장을 열심히 돌고 있어서인지 땀에 젖어 윤기는 조금도 흐르지 않았다.

깐깐안경.

지난 몇 년간 그녀의 흐트러진 모습을 보기란 굉장히 힘들었다.

하지만 반쯤 정신을 놓은 듯 풀어진 눈동자와 거의 아무렇게나 뛰다시피 하는 동작.

새로운 문명을 경험하는 느낌이었다.

저 위의 높은 곳에서 모두가 열심히 체력 단련을 하고 있는지 팔짱을 낀 채 날카롭게 내려다보고 있는 괴짜노처녀가 대단하기는 한 모양이다.

하긴, 맨손으로 암벽 등반, 팔굽혀펴기 1,000회를 한 후에 윗몸일으키기 2,000회에다 나중에는 30kg을 등에 매고 팔굽혀펴기 2,000회를 했고, 양쪽 발목에 20kg씩 매달고 100km를 채우려고 뛰고 있었으니…….

'아, 팔굽혀펴기 4,000회였나?

중간에 깐깐안경이 1,999회를 대충했다. 손이 덜덜 떨리는 게 당연한 거 아닌가? 대충 고개만 숙였다 들었는데, 저 멀리에서 괴짜노처녀가 칼같이 알아보고는 그 횟수를 두 배로 늘렸다.

어쨌든 그 모든 것을 끝내고 마지막으로 양쪽 발목에 20kg씩 매달고 뛰고 있었으니, 그런 그녀의 흐트러진 모습은 충분히 이해할 수 있었다.

그녀가 그 모든 것을 해냈다는 게 굉장했다.

비록 며칠이나 걸렸지만, 그래도 나 같으면 자결을 했을지도 모른다는 생각을 지울 수가 없었다.

"컥, 컥, 컥."

누가 돼지의 목을 치는 게 아닌가 싶을 정도로 독특한 신음소리를 내는 이는 다름 아닌 착한몸매였다. 그녀의 불타오르는 듯 붉은색 머리가 실제로 불에 붙은 것이라 생각될 정도로 그녀는 죽어가는 사람의 모습을 하고 있었다.

그녀는 놀랍게도 3위로 들어왔다. 분명 주먹코나 넓적얼굴, 뱁새눈을 이용해 먹은 게 확실했다.

착한몸매는 깐깐안경보다도 강도 높은 체력 단련 과정을 거쳐야 했다. 무엇보다도 괴짜노처녀가 쉴 틈도 거의 주지 않아서 오늘이 첫날인 착한몸매는 정말 여자라고는 생각지 못할 정도로 끔찍한 몰골을 하고 있었다.

물론 깐깐안경은 지금 마지막 단계에 있었지만, 착한몸매는 이제 시작이었다. 앞으로 적어도 일주일은 이런 생활을 더해야 끝날 착한몸매.

처음에는 그녀가 당하는 모습에 카타르시즘을 느꼈지만, 지금은 어째 측은한 마음이 들기도 했다. 물론 나는 내일도 이곳에 구경을 나올 것이다. 그녀가 약 올라 하는 모습을 보는 건 언제나 큰 기쁨이다.

"……."

저 멀리에서 몇몇의 사람이 어둠의 숲을 뚫고 나온다.

덩치들을 봐서는 주먹코와 넓적얼굴, 그리고 뱁새눈인 듯했다.

"……."

분명 꽤 먼 곳에서 그들을 보고 있건만, 그들의 몰골은 그야말로 처참했다. 냇가에서 씻을 정신도 없었는지 산발을 하

고 있었고, 꾀죄죄한 느낌이 여기까지도 느껴질 정도로 더러
웠다.

"……."

얼굴을 분간할 수 있을 정도로 가까워지자 그들이 지금 반
쯤은 이성을 잃었다는 걸 알 수 있었다.

눈동자가 거의 보이지 않아 흰자위가 눈의 대부분을 차지
했고, 그들은 걸어오는 게 아닌 '살인은 허용하지 않는다' 라
고 계속 말하던 상급생에 의해 끌려오고 있었다.

"쯧쯧쯧."

서로의 꼴을 보니 분명 반지를 뺏으려고 박 터지게 싸웠나
보다.

체력도 남아나질 않았을 텐데…….

'괴짜노처녀가 쉴 시간을 조금이라도 주려나?'

어째 지금까지 그녀의 모습을 보면 지금 당장에 '암벽 등
반 시작이다!' 라고 말할 것 같았다.

착!

그녀는 큰 기둥 위에 서 있었는데, 단번에 고양이처럼 가볍
게 착지하고는 큰 전쟁의 패잔병 꼴을 하고 있는 셋의 앞에
섰다.

셋은 그제야 정신이 드는지 눈동자가 제자리로 돌아왔다.

'제발 쉬게 해주세요' 라고 간절하고도 애타게 말하는 눈

빛들.

나는 고개를 절레절레 흔들었다.

괴짜노처녀를 잘 모르고 하는 짓.

괴짜노처녀가 그들에게 사형선고할 때, 그들의 표정이 보고 싶어 가만히 지켜보고 있었다.

그녀는 불길한 미소를 지은 채 가만히 내려다보고만 있었다.

그러기를 잠깐.

결국 입이 열린다.

"좋다. 여기서 한숨 자고 일어나라. 누워서 눈을 감고 있는 한, 체력 단련은 연기된다."

"와아!"

"감사합니다, 감사해요!"

"살았다!"

세 명은 일제히 환호성을 내면서 그 자리에 바로 누웠다.

누워서 눈을 감고 있는 한 얼마든지 쉴 수 있도록 배려를 한 괴짜노처녀.

얼마나 피곤에 찌들었는지, 벌써 코를 골고 있는 세 명을 행복하게 쳐다보고 있는 괴짜노처녀를 나는 외계인이 아닌가 의심하는 눈초리로 보게 되었다.

괴짜노처녀는 저런 사람이 아니었다.

그렇다고 가식적인 사람도 아니었다.

나는 결국 호기심을 못 이기고 천천히 그녀 쪽으로 다가갔다.

새하얀 공주의 옷차림을 하고 있는 괴짜노처녀를 향해 다가가면서 나는 그녀의 미소가 착한 사람들이 봉사를 했을 때 짓는 그런 뿌듯함을 뜻하는 게 아니라는 사실을 알 수 있었다.

오히려 악마들을 지배하는 마신이 지을 법한 그런 사악한 미소였다.

고개를 갸웃거리며 물었다.

"왜 쉬게 해준 거지? 놈들이 괴로워하는 모습을 보는 게 유일한 낙 아니야?"

"으흐흐."

그녀는 대답을 하는 대신 음흉한 미소만을 흘렸다. 그러면서 나를 보며 검지를 흔들었다.

"넌, 나한테 안 돼."

"……?"

"머리를 좀 써라. 이놈들이 얼마나 오랫동안 푹 잘 수 있을 거 같다고 생각해? 하루? 이틀? 그 이후로는 한 번쯤은 일어날 수밖에 없어."

"그래도 쉬는 거잖아."

"하루 이틀 쉰다고 해서 몸의 피로가 다 사라질 거 같아?"

"……."

여전히 무슨 말을 하는지 이해할 수 없었다.

다만 그녀가 뭔가 무시무시한 계획을 가지고 있다는 걸 눈빛을 통해 알 수 있었다.

부르르.

몸이 저절로 떨릴 정도였다.

괴짜노처녀는 기다란 손가락을 펴면서 내게 천천히 그 계획을 설명해 주었다.

"피로가 완전히 가시려면 일주일은 푹 쉬어야지. 하루 이틀 쉬어서는 오히려 전보다 더 피곤해. 왜냐하면 긴장이 풀리거든. 이 몸이라는 게 신기해서, 긴장했을 때는 멀쩡히 작동을 하다가도 그것이 풀리면 한꺼번에 피로가 몰려오게 해."

"……."

살짝 엿봤다.

그 계획을 아주 살짝 들여다봤는데, 온몸에 전율이 흐르면서 새삼 그녀에게 시비를 걸거나 반항을 하면 절대 안 된다는 생존 의식이 발동했다.

까닥이는 그녀의 손가락에 공포가 스멀스멀 피어오른다.

"겨우 하루 이틀 쉬어서 축 늘어지기만 한 몸으로 체력 단련을 한다고 해봐. 흐흐, 버티기 힘들걸? 죽지 않으면 용한 거지."

"주, 죽일 생각으로 체력 단련을 시키려고 한 거냐!"

"그럼!"

너무도 밝게 대답하는 괴짜노처녀.

내가 정말 그녀와 피를 나눈 남매인지 의심이 될 정도로, 나와는 달리(!) 그녀는 굉장히 사악했다. 어머니 쪽의 피를 많이 받았나 보다.

"행복해."

넓적얼굴이 잠꼬대를 하며 발을 뱁새눈의 몸 위에 올려놓았다. 뱁새눈은 주먹코의 얼굴 위에 발을 올려놓았고, 주먹코는 그것이 먹을 건 줄 알고 씹어대고 있었다.

"......."

정말 마녀의 계획은 조금도 모르는 셋.

너무도 행복하게 자고 있는 모습이 정말 측은했다. 당장에 깨워주고 싶었다.

"......."

물론 한편으로는 더 재밌겠다는 생각에 그냥 그 옆의 그늘에 앉았다.

깐깐안경은 50㎞ 정도 더 돌아야 끝이 나고, 착한몸매는 한참이 남았다. 이 셋은 아마 체력 단련을 하다 죽음을 맞이할 것이다.

'확실히 재밌겠군.'

가만히 앉아서 점점 흉측해져만 가는 깐깐안경과 착한몸매의 모습을 구경했다.

이 모습을 어떻게든 영원히 간직하고만 싶었다.

"크리스."

나도 모르게 등골이 서늘해지는 괴짜노처녀의 부름.

그녀를 올려다봤다.

"이번 게임을 통해서 무엇을 배웠어?"

"……."

열심히 머리를 굴렸다.

어떻게든 나를 저 지옥의 코스로 동참시키려는 함정이 아닐까?

잘못 대답하면 당장에 내게도 저런 체력 단련을 시키려고 하는 게 아닐까?

일단 거기에 생각이 미치자 어느새 충분히 그럴 수 있다는 생각에 고개를 끄덕이게 되었다.

나는 식은땀을 흘리며 그녀가 원하는 대답이 무엇인지를 골똘히 떠올리려 했다.

다행히도 그녀의 의도는 그런 게 아니었는지, 스스로가 말을 이었다.

"이 세상의 모든 사람들은 같은 게임을 하고 있어. 똑같은 것들을 좇는 그런 게임이지. 물론 조금 다르기는 해. 딱히 규칙이 있는 것도 아니고, 벌칙이 이렇게 약하지도 않지."

"……."

온몸이 뻣뻣하게 굳어가기 시작한다.

'벌칙이 이렇게 약하지도 않지.'

'벌칙이 이렇게 약하지도 않지.'

'벌칙이 이렇게 약하지도 않지.'

그 말만이 뇌리를 가득 채운다.

'어디가 안 약해!' 라고 따지기도 전에 그녀는 다시 말을 했다.

"말 그대로 수단과 방법을 가리지 않고 원하는 것을 얻고자 하지. 살인? 그런 건 기본이야. 고문을 해서 원하는 정보를 얻어내고 가차없이 버리지. 조금이라도 유대 관계를 가졌다 싶으면 자그마한 것 하나 때문에 바로 뒤통수를 치는 게 이 세상이지."

"……."

어조가 어눌하다.

눈빛이 살짝 변하는 게, 그녀도 누군가에게 호되게 당한 게 아닐까?

어딘가 악에 받쳐 있는 것 같기도 하고.

휘익.

나는 고개를 절레절레 흔들었다.

상대가 누구이던가.

괴짜노처녀였다.

명함만 내밀어도 사람들이 알아서 살살 기는 그런 검사!

"세상에는 이 게임에서 기다리는 위험보다 더욱 많은 것들이 도사리고 있어. 모닥불만 피워놓는다고 야수들이 다가오지 못하는 게 아니지. 뿐만 아니라 동맹 관계도, 적대 관계도 너무도 쉽게 뒤집혀. 네가 그 이해관계를 이해하는 날이 올까?"

"……."

나를 너무도 철없고 어리다는 식으로 보는 괴짜노처녀.

연장자로서의 눈일까, 아니면 남매 간의 장녀로서의 눈일까.

"너도 알겠지만, 그 누구에게도 정을 붙여서는 안 돼. 조금만 정을 붙이면 그걸 또 역이용하려 드는 야수들이 많거든. 가족도, 부인도, 외가도 그 어느 곳도 믿어서는 안 돼. 세상은 너 혼자 사는 거고, 이 세상의 모든 사람들은 적이야. 대충 이해관계가 맞으면 일시적으로 동맹이 형성될 수도 있지만, 그게 깨지는 건 찰나."

"……."

가만히 듣고 있을 수밖에 없었다.

항상 시원시원하고 화끈한 모습을 보이는 열혈의 검사인 줄 알았는데, 이렇게 의외의 감정을 내비치는 때가 있을 줄이야.

살짝 건드리기만 하면 얇은 얼음장처럼 깨어질 것만 같은 눈을 한 채 그녀는 말을 이어갔다.

"이 게임에서의 상황들을 잘 떠올려라. 어떻게 상대를 이용할 수 있고, 어느 시점에서 상대를 배신해야 하는지. 세상에서는 그보다 훨씬 복잡하겠지만, 기본적인 마음가짐과 속임수는 모두 이 게임에서 생각해 보았을 거야."

착한몸매가 나를 배신했던 일, 그로 인해서 내가 겪었던 상황들, 결국에는 내가 그들을 속여 가장 먼저 게임을 마칠 수 있었던 것.

그것들이 하나의 이야기로 엮어져 내 머릿속에서 그려지고 있었다.

"물론 이 게임의 가장 큰 목적은 믿을 수 있는 사람이 얼마나 찾기 힘든가를 일깨워 주기 위해서라고 볼 수도 있지만, 그만큼 확실히 믿을 수 있는 사람을 찾으면 그 어떤 상황에서도 그 사람을 배신하지 말라는 것일 수도 있어. 하나보다는 둘이 낫고, 둘보다는 셋이 나아. 그 사람을 100%, 단 0.001%도 의심하지 않고 완전히 믿을 수 있다고 생각하면, 절대 배신하지 마. 꼭 세상이 혼자일 필요는 없으니까."

"......."

그 말을 남기고 그녀는 다시 마녀로 돌아왔다. 괴짜노처녀의 얼굴을 하고는 다시 타악, 하고 뛰더니 그 높은 기둥 위로 단번에 올라탔다.

그리고 매서운 눈빛으로 착한몸매와 깐깐안경의 체력 단련을 지켜봤다.

괴짜노처녀의 지독함에 고개를 절레절레 흔들었다.

역시 괴짜는 괴짜다.

가만히 잔디밭에 앉아 있는데, 괴짜노처녀의 말이 귓가에서 메아리쳤다.

'누구도 믿을 수가 없다.'

'꼭 혼자일 필요는 없다.'

아무도 믿지 말라는 건지, 아니면 누군가는 믿어야 한다는 건지.

무엇인가 복잡한 말을 한 것 같기는 한데, 내가 그것을 얼마나 알아들었는지 알 수 없었다. 알 듯 말 듯 너무도 희뿌연하다.

휘이잉—

시원한 바람이 머릿결을 간질인다.

기분이 좋다.

더 이상 머리가 복잡하지 않고, 다만 그 바람이 주는 상큼

함을 즐긴다.

"……."

그렇게 바람이 한차례 지나갔다.

'에이, 복잡하게 뭘 생각해.'

잔디에 누웠다.

내 나이 23.

요하네스에서 졸업하려면 아직도 한참 남았다.

졸업하고 나서는 그 세상에 대한 고민을 해야 되겠지만, 지금서부터 해야 될까?

바람처럼 자유롭게 흘러가듯 생활하면 어떻게든 되지 않을까?

'책임.'

괴짜노처녀 때문에 새삼 그 부분에 대해서 떠올리게 되었다.

귀족에게는 책임이 있다. 딱히 귀족으로 특정을 짓지 않아도 모든 인간에게는 책임을 가지게 되는 나이가 있다.

다만 귀족의 입장에서는 그런 책임이 더욱 많다.

고개를 절레절레 흔들어 복잡한 생각들을 모두 떨쳐 버리려 했다.

아직은…….

아직은 어리다.

얼마나 어리냐면, 평민들과 아무런 문제 없이 보낼 정도다.

그들과 허물없이 지낸다.

뿐만 아니라 사실 그들의 부분, 부분에서 예전 모나크의 녀석들보다 뛰어난 것들을 많이 보게 되기도 한다.

만약 믿을 사람, 믿지 못할 사람으로 구분한다면, 차라리 요하네스의 녀석들을 믿고 모나크의 녀석들을 믿지 않을 정도로 정을 붙이기도 했다.

"……."

고개를 세차게 저었다.

'나, 어디가 아픈가?'

요하네스에 세뇌를 당한 게 아닌가 의심이 들 정도.

……고민하지 말자.

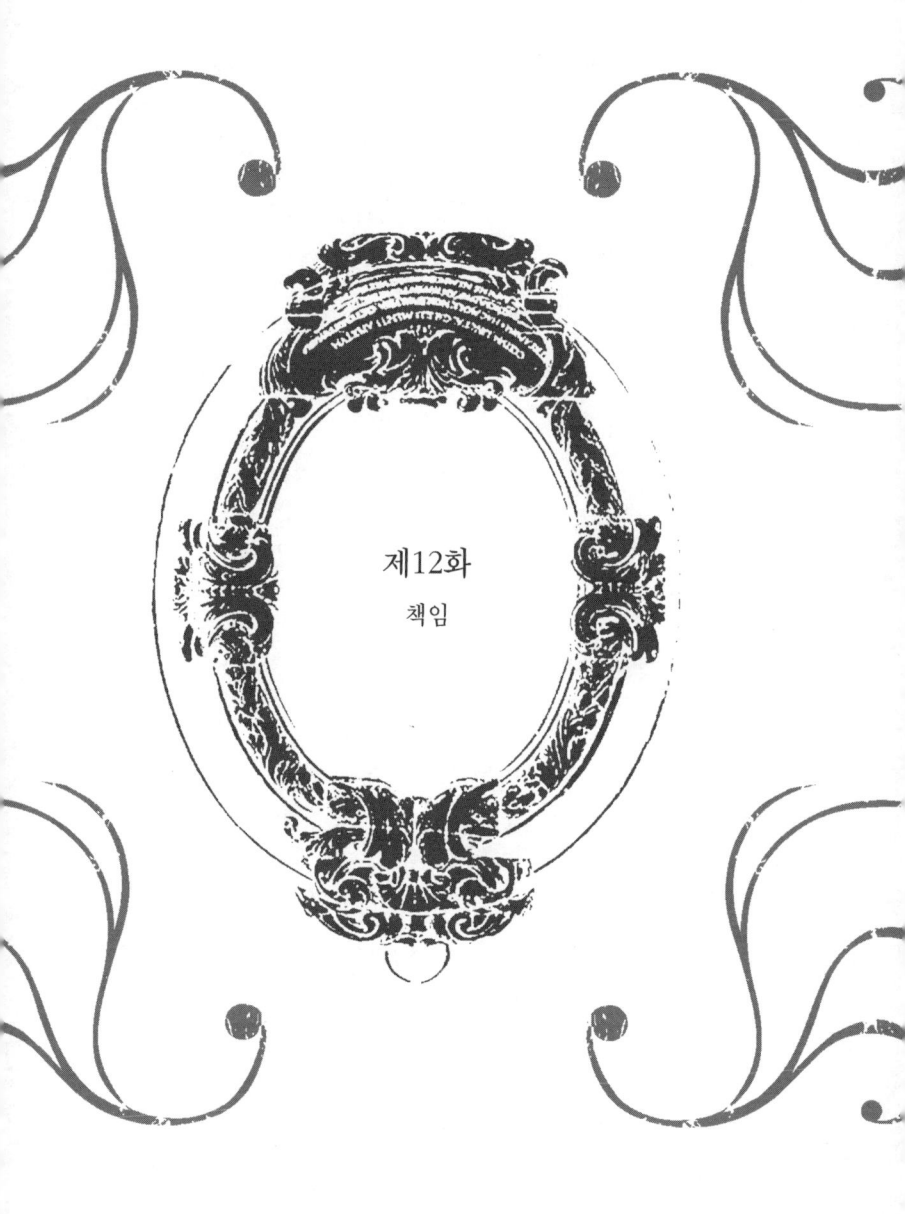

제12화

책임

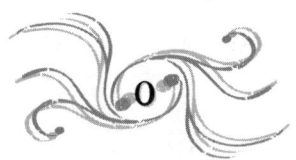

나는 내 눈을 의심했다.

가끔 그분이 요하네스에 오신다는 이야기를 전해들은 적
은 있었다.

하지만 정말 오실 줄은 몰랐다.

한편으로는 그 사람의 말을 부인하고 있었는지도 모른다.

하지만 이렇게 직접 봐도 믿을 수가 없었다.

오시다니!

……이번에는 또 어떤 암수를 펼치시려고.

　요하네스가 들썩였다.

　'그분'이 오실 기간이라고 학교 전체가 그것에 대해서 이야기했다.

　1단계 학생을 제외한 전교생들이 모인 중앙 강당. 전설에서 나오는 거인족도 들어와 편히 쉴 수 있을 만큼의 넓은 공간이 겨우 500여 명에 의해 후끈 달아올라 있었다.

　"저번에는 제노윈 시세노 경을 뵈었는데, 그분보다 더 대단하신 분을 만나게 될 줄이야!"

　깐깐안경은 그녀의 이미지에서 한참이나 멀어졌다는 사실을 알기나 하는지, 붉게 상기된 얼굴에 손으로 연신 부채질을 하고 있었다.

　"대륙 최고의 검사를 만나뵈게 될 줄이야!"

　착한몸매는 얼굴을 다 가리면서 이야기하고 있었다. 살짝만 눌러도 '꺄아!' 소리칠 것만 같았다.

　넓적얼굴, 주먹코 역시 그 둘과 그렇게 다른 반응을 보이지 않았다.

　다만 뱁새눈은 뭐가 그렇게 불만인지 눈을 얇게 뜨고는─혹은 감고는─나를 노려봤다. 이번만큼은 나도 정신이 없었기에 상대하지 않았다.

2~5단계의 학생들은 모두 줄을 맞춰 강당으로 들어서는 문을 가만히 주시하고 있었다. '그분'이 들어오기를 기다리고 있는 것이다.

한순간이라도 '그분'의 모습을 놓치지 않겠다는 일념으로 눈이 빠져라 쳐다보고 있는 평민들.

'그렇게 계속 기다려 봐라. 결국 시간에 딱 맞춰 들어오지.'

나는 팔짱을 낀 채 모든 평민들과는 달리 앞만을 바라보고 있었다. 힘들여 뒤를 돌아 '그분'이 들어오는 모습을 바라볼 내가 아니었다.

단상에서는 발레키, 뻣뻣대마왕 이외에도 동안공주, 골초교장이 '그'를 기다리고 있었다. 발레키는 여전히 어딘가 덜 떨어진 표정으로 하품을 하고 있었고, 뻣뻣대마왕은 세상의 짐을 모두 어깨에 진 무거운 얼굴을 하고 있었다. 동안공주는 깐깐안경과 마찬가지로 가슴이 벅차 보였고, 골초교장은 여전히 담배 연기를 음미하고 있었다.

그러니까 동안공주를 제외하고는 모두가 그다지 관심이 없는 모습들이었다.

'저것들은 긴장이라는 것 자체를 안 하나?'

대륙 최고의 검사를 만난다.

그런데도 요하네스의 교수진들은 그렇게 큰 감흥이 없어

보인다.

'건방진데?'

그들의 당당함은 무지에서 오는 건지, 아니면 단순한 여유로움에서 오는 건지 궁금해졌다.

그때였다.

쿵!

강당의 거대한 문이 활짝 열렸다. 거인에게나 맞을 듯한 큰 문은 여러 사람이 줄을 당겨 여는 형식인데, 마치 엄청난 신력을 가진 사람이 힘껏 한 번에 문을 열어젖힌 것마냥 세차게 열렸다.

쿵쿵!

그리고는 미세한 진동이 땅으로 전해짐과 동시에 고막을 때리는 거대한 소리가 들려왔다.

나도 모르게 뒤를 돌아봤다.

"……."

거기에 있었다.

새까만 경장에 긴 망토를 착용한 검사. 얇고 기다란 검이 허리춤에 매어져 있었고, 짧게 잘 정돈된 금발의 머리 위에 검은 깃이 꽂힌 모자가 자리해 있었다.

살짝 튀어나온 이마, 시원시원하게 솟은 눈썹, 그 아래 날카로운 빛을 내는 깊은 두 눈. 세월을 속일 수 없는 주름들이 얼굴에 있었지만, 오히려 그것들이 중후한 멋을 살려주었다.

그는 주위를 둘러보고는 단상을 향해 손가락을 까닥였다.

착착—

그러자 곧바로 바깥에 있던 기사들이 일제히 강당 안으로 들어왔다.

쿵쿵!

착착—

약 이십여 명의 기사들. 개량된 가벼운 재질의 착 달라붙는 갑옷에 모든 것을 흑색으로 맞춘 기사들이 조금의 흐트러짐도 없이 발을 맞춰 단상을 향해 걸어갔다.

쿵쿵!

그들은 정확하게 단상 앞에 섰다.

그들의 뒤에서 천천히 따라오던 '그분'은 그들 사이를 뚫고 나와 단상 위로 가볍게 올랐다.

"……."

가만히 발레키와 뻣뻣대마왕, 그리고 골초교장을 번갈아 보는 '그'.

'그'는 천천히 다가가 뻣뻣대마왕에게 뭔가를 속삭였다. 속삭이는 건지 적당한 목소리로 말하는 건지는 몰라도, 너무 멀어 그 어떤 소리도 들을 수가 없었다.

그리고는 뻣뻣대마왕과는 악수를 나누고, 발레키와도 악

수를 나누려 했지만 발레키는 어처구니없게도 '그'의 품에
안겨 버렸다.

발레키의 최후의 순간을 차마 보지 못하고 눈을 질끈 감았
지만, 이상하게도 '그'를 품에 안고서도 발레키는 죽임을 당
하지 않았다.

'그'는 그 후 골초교장에게 고개를 한 번 살짝 숙여주고는
나머지 교수진들은 한 번 훑어볼 뿐이었다.

그들끼리의 인사가 끝났을 무렵, 골초교장이 담배를 '후
우' 하고 한 번 내뱉고서는 입을 열었다.

"이반 아신 경, 그리고 그의 휘하 정예 블랙 나이츠 분들과
의 정규적인 교류가 오늘부로 시작된다."

아버지.

아버지가 오셨다.

2

원래 아버지와 블랙 나이츠들은 3, 4단계의 학생들에게만
가르침을 준다고 했다. 하지만 이번에는 2단계의 특수들 역
시 가르친다고 한다. 물론 그 이유는 '나' 때문이라는 의견이
과반수.

어쨌든 그 덕분에 깐깐안경은 졸도를 할 뻔했고, 다른 동급

생들 역시 기쁨을 감추지 못했다.

오늘이 바로 그 첫 수업.

2단계 특수의 전용 강의실에서 기다리고 있는 동안 우리 모두는 1분 1초가 그 배 이상으로 늘어난 것 같은 현상을 경험하고 있었다.

물론 다른 동급생들과는 달리 나는 조금 다른 이유에서 긴장을 하고 있었다.

'도대체 이번에는 무슨 함정을!'

아직 요하네스에서 7년이나 남았다. 앞으로 7년 동안 이 사회에 적응하며 살아나가면 되는 것이다. 사실 7년보다 훨씬 짧아질 확률이 높았지만, 어쨌든 그런 기간 동안은 아버지의 마수에서 나름대로 안전할 수 있었다.

그런데 또 나타났다?

이건 위험 신호였다.

또 그다음 함정을 위해서 어떤 물밑 작업을 하시려는 건지 감히 추측도 할 수가 없었다. 다만, 조심해야 되는 건 확실했다.

'노예 문서.'

아버지가 오셨기에 다시 떠오른 것이었지만, 지금의 나는 노예 신분이었다.

'뻣뻣대마왕.'

그러고 보니 그 문서는 아직도 뻣뻣대마왕이 가지고 있었고.

'처음에 인사를 했을 때 뻣뻣대마왕이랑 무슨 대화를 하신 거지?'

별 내용이야 없었겠지만, 처음 강당에서 뻣뻣대마왕과 무엇인가를 숙덕이고 있던 아버지의 모습에서 등골이 점점 서늘해짐을 느꼈다.

충분히(!) 가능한 시나리오들이 떠올랐다.

가상 시나리오 1.

"어이, 제임스. 아직도 노예 문서를 가지고 있나?"

"그럼요, 아신 경."

"자, 그럼 이제 크리스가 어느 정도 튼튼해졌으니 검투 시장에 내놓아볼까?"

"돈이 짭짤하겠지요?"

"흐흐."

가상 시나리오 2.

"제임스, 크리스의 체력은 괜찮아졌나?"

"그럼요, 아신 경."

"자, 그럼 이제 크리스가 밤새 음탕한 남자 귀족들에게 농락당해도 쓰러지지 않는다는 건가?"

"당연하죠. 제가 강도 높은 체력 훈련을 시켰는걸요."

"돈이 짭짤하겠군."

"흐흐."

'젠장! 뻣뻣대마왕, 그래서 날 그런 지옥 훈련을 시킨 거냐!!'

온몸을 비틀며 바닥을 굴렀다.

"……."

그리고는 혼자만의 상상이었다는 사실을 알아차리고는 다시 일어났다.

"……."

하지만 아무리 생각을 해도 그 시나리오들이 너무 신빙성이 있다는 사실에 몸이 뻣뻣하게 굳어갈 수밖에 없었다.

"……."

그래도 그건 아닐 거라는 생각에 고개를 세차게 저었다.

"……."

하지만…….

"……."

그래도…….

"……."

하지만!

그렇게 내 머릿속이 복잡할 때 누군가가 강의실 문을 열고 들어왔다. 구십 도로 딱 꺾이는 문. 그리고 그것이 닫히기 전에 들어오는 그!

흑색 경장을 보니 뻣뻣대마왕이 떠오르기는 했지만, 살짝 옅은 금발은 그가 내 아버지임을 알려주었다.

아버지에게는 뻣뻣대마왕 이상의 기운이 느껴졌다.

뻣뻣대마왕은 그 무표정 안에 내포된 싸늘함이나 딱딱함에 의한 숨 막힘 이외에 뭔가 대단하다 여겨지는 무언가 때문에 숨이 막혔다.

하지만 아버지에게서는 그 어떤 감정조차 느껴지지 않았다. 뻣뻣대마왕의 경우에는 감정을 읽을 수 없는 것이었지, 감정이 없는 건 아니었다.

아버지에게는 그냥 인조인간을 대하는 것 같은 위화감이 느껴졌다.

자신을 모두 지워낸 걸까?

아버지는 날카로운 눈을 반짝이며 우리의 가장 앞에 서 있었다.

"내 이름은 이반 아신이다. 너희들은 나를 아신이라고 부르도록 해라."

예전부터 뻣뻣대마왕이 괜히 친숙하다는 느낌을 받았다.

나는 그 이유를 찾을 수 있었다.

'아버지랑 말투가 똑같아!!'

명령조.

뻣뻣대마왕은 은근히 귀여운 어조로 말할 때가 있긴 했지만, 아버지는 이런 딱딱하고도 뻣뻣한 어조의 원조였던 것이다.

묘한 이질감을 느끼면서 아버지의 말을 계속해서 들었다.

"나는 너희의 검술을 보러 여기까지 온 것이 아니다. 검술은 단순한 육체적 노동을 통해 높은 경지에 이를 수 있는 게 아님을 너희는 이미 알지?"

서로를 소개하는 시간?

그런 건 없다.

아버지만큼이나 본론만 간단히 하고자 하는 사람은 이 세상에 하나…… 도 없다기보다는 뻣뻣대마왕밖에 없을 것이다.

'이러니까 둘이 친하지!'

서로 반대의 사람이 친하기도 하지만, 보통은 공통점이 많은 사람이 친해지기도 한다.

'발레키는 반대의 경운가?'

그런 것을 생각하며 피식 웃고 있을 때였다.

"크리스티안."

아버지의 무미건조한 음성이 하나의 창이 되어 심장에 꽂혔다.

"예!"

깜짝 놀라 대답했다.

"집중하도록."

"아, 예."

괜히 무안해서 얼굴을 붉히며 다시 아버지의 말에 경청했다.

"검술은 네가 생각할 수 있는 모든 부분의 자질을 높여야만 보다 높은 경지를 맛볼 수 있는 그런 예술이다. 자세, 체력. 그런 건 가장 기본적이 요소에 지나지 않는다. 보다 깊은 영역의 문을 열기 위해서는 보다 정신적인 수준의 양질화를 꾀해야 한다."

"……."

정확하게 아버지가 말한 그 단어로 듣지는 않았어도, 언젠가 한 번 들었을 법한 말들을 반복하여 듣고 있는 셈이었다.

대륙 최고의 검사라면 뭔가 더 번지르르한 말들을 해줄 줄 알았는데…….

'이거, 다른 놈들이 무시하는 거 아니야?'

어떻게 보면 뻣뻣대마왕에게서 모두 들었던 말들이다. 그러니 아버지의 말로 불만을 가질 동급생도 있을 거라는 생각이 들었다.

그런데……

"웅?"

착한몸매를 비롯한 다른 동급생들은 눈이 초롱초롱해져서는 모두 고개를 연신 끄덕이고 있었다. 아주 그냥 신을 맞이하고 있는 얼굴로, 황송하다는 듯 공손히 듣고 있는 모습에 입이 쫙 벌어졌다.

그뿐이 아니었다.

깐깐안경은 아주 침을 질질 흘리고 있었다.

똑같은 말을 다른 사람에게 듣는다고 해서 이렇게나 다른 반응을 보일까.

뻣뻣대마왕의 말을 완전히 무시하는 사람은 없었어도, 그냥 교수가 학생을 가르친다는 느낌으로 그냥그냥 듣는 것이다.

그런데 아버지의 말에는 온갖 과장된 반응을 보이면서 경청한다.

'무엇이 다른 걸까?'

열심히 머리를 굴리는데 또 한 번 심장이 시리다.

"크리스티안."

"죄송합니다."

아버지는 나를 한 번 지그시 응시하고는 다시 말을 이어나갔다.

"검사에게 있어 가장 중요하다 할 수는 없지만, 그렇다고 중요하지 않다고 할 수도 없는 그러한 요소가 있다. 지도력! 흔히 리더쉽이라 하는 능력도 검사에게 필수적인 요소이다."

검사.

검을 부리는 사람을 검사라고 한다.

하지만 황제가 직접 이름을 내리는 검사는 보통의 검사와는 차원이 다르다.

"검사는 황제의 명령에 황위근위대, 황제의 기사단, 그리고 대륙 안에서 활동하는 모든 기사단. 즉 무력 집단을 지시할 수 있는 권한을 가지는 때가 있다. 물론 대부분은 대규모의 토벌대를 구성할 때 그 지휘권을 검사가 가지게 된다."

황제의 주위에는 무사들이 있고, 문사들이 있다.

흔히 사람의 생각으로는 문사들이 무사에게 지시를 내리는 게 맞다고들 생각한다.

항상 방구석에 처박혀 퀴퀴한 냄새나 나는 책에 빠져 있으니, 전략을 짜는 데 있어 더 유리하지 않느냐는 의견이 보편적이란 말이다.

하지만 그렇지 않다.

무사들은 자존심이 있다. 한주먹에 나가떨어지는 문사들 주제에 목에 핏대 세우면서 이래라 저래라 지시를 내리는 그들의 말을 듣고 싶을까?

절대 그렇지 않다.

무사들은 오로지 더 강한 무사들의 말에 복종한다.

그래서 대대적으로 총괄적인 지휘권은 무사 쪽에서 맡아왔다.

검사.

검사가 그런 지휘권을 받게 되었다. 검술의 극의는 문무 모두가 출중해야 깨우치게 되어 있어 무사와 문사의 사이에서 적절한 합의점을 찾아 보다 쉽게 모두의 의견 통합을 볼 수 있음은 물론, 전장에 나서서도 모두의 전의를 상승시킬 수도 있으니 당연 그런 검사가 총사령관이 되어왔다.

그러니까 검사는 단순히 검술만 잘해서는 안 된다.

남을 지시할 줄 알아야 한단 말이다.

"보통 가장 능력이 있는 검사가 총지휘권을 맡게 되고, 다른 검사들은 그를 보좌하게 되어 세월이 흐를수록 경험을 쌓을 수 있기는 하지만, 지도력을 처음부터 키워가지 않으면 평생 고생을 하게 될 것이다."

검사는 되는 것도 힘들지만, 그 직을 유지하는 것이 훨씬 어렵다고 들었다.

검사들의 생활권이 항상 겹치는 건 아니다. 대부분은 자기가 할 일을 해서 거의 겹치지도 않는다. 하지만 어쩌다 만나게 된다고 쳐보자. 그들에게 박대를 받지 않으려면 자기가 잘나야 한다.

그것도 그들보다 모든 면에서.

아버지의 눈빛이 한 번 반짝인다.

"그리고 그만큼 중요한 검사의 자질이 또 하나 있다. 뭔지 알겠나?"

아버지의 질문에 깐깐안경이 재빨리 손을 들었다. 그는 고개를 까딱였다.

깐깐안경은 거친 숨을 들이 내쉬며 대답했다.

"그 검사의 지도에 복종하는 자세요!"

아버지는 고개를 끄덕였다.

"모두가 그 총지휘권을 받는 게 아니다. 오로지 한 명의 검사가 그 막중한 책임을 어깨에 짊어진다. 그러니 너희는 경험과 연륜이 쌓여 있지 않는 한 그 검사의 명령에 어떻게 복종을 해야 하는지 정확하게 알고 있어야 한다. 그의 의도를 단 한 번도 의심하거나 인정하지 않는다면, 그 순간 그 무력 집단은 순식간에 파해질 수밖에 없다. 한 번의 실수로 상대의 함정 속으로 들어갈 수도 있고, 매복을 피하지 못하고 순식간에 파멸될 수도 있다."

"……."

지시만 하는 상관이 편해서 좋을 거라는 생각은 머릿속에서 깨끗이 지웠다.

그들이 받는 스트레스는 어느 정도일까?

더욱 높은 자리일수록 자신의 결정 하나하나에 더 많은 사람들의 목숨을 짊어지게 된다.

그러한 막중한 책임 속에서 검사들은 최고의 선택을 내려야 한다. 문사들과 무사들의 의견을 수렴할 최고의 선택을.

아버지는 나를 뚫어져라 쳐다봤다.

"너희들은 나에게서 지도력 혹은 지도에 따르는 능력에 대해서 배울 것이다."

괴짜노처녀는 요하네스에서 한 3개월 동안 있었다. 하지만 아버지는 그보다 짧을 게 분명했다. 블랙 나이츠의 기사단장에 검사의 직을 맡은 사람은 절대 한가할 수가 없었다.

'길면 2주?'

어쩌면 3주일지도 모른다는 생각을 했다.

아버지를 올려봤다.

도대체 무슨 생각을 하고 계시는 걸까?

그는 눈을 얇게 뜨며 우리를 둘러봤다.

"너희 중 한 명은 앞으로 2단계 학생 모두를 지시할 수 있는 지휘권을 가지게 될 것이다. 하나의 임무가 주워질 것이고, 모든 최종 선택은 그 선택된 한 명의 학생에 의해 행해질 것이다."

꿀꺽.

모두가 눈을 반짝이며 침을 삼켰다.

2단계의 학생은 꽤나 많았다. 다른 3~5단계 학생을 합한 수보다도 많았다. 1단계에서 떨어져 나간 수가 꽤 많아 주몬, 바알, 사이를 다 합해서 300여 명을 조금 넘는 수였다.

"물론 그 이외의 2단계 특수도 일종의 지휘권을 가지게 된다. 2단계 학생의 300여 명 모두에게 명령을 내릴 수 있다. 다만 그 모든 명령은 선택된 학생에게 보고가 되어야 하고, 승인까지 받아야 한다. 그 절차를 밟지 않는다 해서 어떠한 벌칙이 있는 건 아니다. 만약 누군가가 그렇게 독단적으로 선택을 내리기 시작한다면, 그 모든 건 선택받은 학생인 그 한 명이 책임질 뿐이다."

나는 아버지의 말이 이어져 갈수록 그 모두에게 지시를 내릴 수 있는 지휘권을 내가 받을지도 모른다는 생각을 하게 되었다.

계속해서 마주치는 아버지의 눈.

뭔가 불길한 생각을 머릿속에서 지울 수가 없었다.

"오늘은 일단 여기까지 한다. 내일 아침 2단계 학생 전체가 모일 것이고, 그들 중에서 추첨을 통해 한 명이 뽑힐 것이다. 그때까지 마음의 준비를 하도록."

"짜증나."

300여 명의 2단계 학생들 모두가 30개의 조로 편성이 되었다. 각 조는 10명씩. 각 계열이 서로 섞였고, 서로 보조할 수 있도록 편성되었다(물론 모두 깐깐안경이 명단을 짰다).

각 조에는 조장이 있었고, 각 2단계 특수들은 그 여섯 명의 조장에게 지시를 내릴 수 있는 권한을 받았다. 그리고 나…….

'이건 사기야!'

나는 모두에게 지시를 내릴 수 있는 지휘권을 받았다.

다른 특수들을 제외하고는 모두가 내 명령에 복종을 해야 한다.

특수들 역시 내 명령에 복종을 해야 했지만, 그들의 재량을 통해 그들이 이끄는 조원들에 대한 명령에 있어서는 각자의 의견에 따라 지시할 수 있었다.

'아버지가 이런 사람인 줄은 진작에 알았지만!'

이런 식으로 나를 그 자리에 앉힐 줄은 꿈에도 몰랐다.

이렇게 치사할 수가!

나는 오전의 일을 떠올렸다.

바로 다음날 300여 명이 모두 요하네스 밖에 모였다. 운동장에 서서 기다리고 있는 학생들. 나, 깐깐안경, 착한몸매, 주먹코, 넓적얼굴, 뱁새눈, 이렇게 여섯은 단상 위에 올라와 있었다.

그리고,

검은 경장의 아버지가 서 있었다. 근엄하게 혹은 무미건조하게 아래를 내려다보고 있는 아버지. 그는 통을 꺼내어 모두가 볼 수 있게 했다.

"이 통 안에는 종이 여섯 장이 있다. 그리고 각 종이에는 이 여섯 학생의 이름이 하나씩 적혀 있다. 다른 학생이 한 명 나와서 통 안에 종이를 하나 꺼낸다. 그 종이 위에 쓰여 있는 이름을 가진 사람이 모두를 지시할 수 있는 지휘권을 가진다."

아버지는 2단계의 학생들을 쭉 둘러보더니 한 명을 손으로 찍어 불러냈다. 그 학생은 영광이라는 듯 공손히 다가와서는 통에서 하나의 종이를 꺼내었다.

아버지는 그 종이를 받아서 읽었다.

"크리스티안 아신."

"……."

그래, 여기까지는 괜찮았다. 이렇게 보면 당연히 정정당당한 추첨이었다.

분명히 임의의 학생 한 명을 뽑아 여섯 종이 중 하나를 뽑았다.

내가 나왔다.

이건 '저거 아버지가 일부러 아들시킨 거 아니야?' 라는 말을 들을 수 없게 원천봉쇄를 하는 방식이었다.

하지만 그 이후였다.

나는 뭔가 당한 느낌에 하루 동안 '임무 준비 시간' 을 받아 2단계의 학생들을 포함, 특수들에 아버지까지 다시 요하네스 안으로 들어갈 때까지도 뻣뻣하게 서서는 아무런 생각도 못하고 있었다.

내 이름이 적혀 있는 쪽지만을 멍하니 바라볼 뿐이었다.

나는 그때 갑자기, 왜인지는 모르지만 통을 흔들어 그 안에 있던 종이들을 모두 꺼내었다. 아버지에 대한 불신이 하늘을 찔렀으니 거듭 확인한다고 해서 손해 볼 건 없다는 생각에서였는지도 모른다.

나는 종이를 모두 확인했다.

크리스티안 아신.
크리스티안 아신.

크리스티안 아신.

그렇다.

모두가 내 이름이었다. 그 안에 있던 종이들에 모두 내 이름이 적혀 있었다. 하도 어이가 없어 당장에 아버지에게 달려가서 따졌다.

그때 아버지의 대답이 가관이었다.

"뭐라고 했나?"

물론 종이를 모두 불태워 버리고, 그 없어진 자리에 친히 다시 다른 특수들의 이름을 써서 종이를 잘 접어 통에 집어넣고 내게 했던 말이다. 이렇게 되니 다른 사람에게 따질 수도 없었다.

"검사님?"

착한몸매가 넋을 놓고 있는 나를 불렀다. 아버지는 모두에게 나를 '검사님' 이라고 부르게 했다. 가상이기는 하지만, 현실적인 느낌이 나게 하려 하기 위해서였다. 물론 존칭을 해야 했다.

"……?"

"그냥 지금 자기 할 일을 잘하고 계시나 하고요."

내가 할 일은 바로 총괄 지휘. 상황이 어떻게 진행되고 있는지 알아야 했다.

"신경 꺼. 겨우 검 하나를 회수하라는 임무인데 내가 못하겠냐?"

착한몸매와의 앙금이 남아 있는 나는 최대한 차갑게 그녀를 대했다. 물론 그녀의 아찔한 몸매를 보고 말하는 게 어려워 애써 그녀 쪽도 쳐다보지 않았다.

"그래도 줄리랑 그 두 조만 보낸 건 너무하지 않습니까!"

뱁새눈이 벼르고 있었는지 벌써 따지고 들었다.

"어이, 졸병. 지금 반항하나? 애들에게 너 나무에 묶어놔 버리라고 명령한다?"

"……."

뱁새눈은 주먹을 파르르 떨었지만 그 이상의 반항은 하지 못했다. 규칙은 준수되어야 했다. 검사의 명령은 복종! 뱁새눈이 그가 맡은 6개의 조에게 명령을 할 수는 있지만, 그렇다고 뱁새눈이 내 명령을 거부할 수는 없었다.

"그리고 생각을 해봐. 겨우 10㎞를 걸어가서 바위 위에 꽂힌 검을 회수하는 데 몇 사람이나 필요할 것 같아?"

10㎞면 저번에 괴짜노처녀의 반지 퀘스트를 했을 때의 거리다. 겨우 하나의 반지와 하나의 반지 사이의 거리. 그 정도는 식은 죽 먹기였다.

아버지가 벌써 노망—주위에 아버지가 없는지 10차례 확인을 하고—난 게 아닌가 싶을 정도로 너무 쉬웠다. 어째서 이런 것으로 지도력을 시험하는 걸까?

다른 사람들도 의문을 품었지만 단순히 회수 이상의, 어떤 위험이 도사리고 있을 것이라는 의견이 있었다.

물론 나는 10㎞ 갔다 오는 게 귀찮아 가장 성가신 깐깐안경을 보냈다. 어떤 위험이 도사리고 있을지도 모른다고 해 그녀 휘하의 6개 조를 같이 보냈다.

나는 거대한 나무의 그늘에 앉아 주위를 둘러보았다.

'이런 곳이 있을 줄이야.'

요하네스의 옆에는 어둠의 숲도 있었지만, 반대편에는 거대한 계곡이 있었다. 지도에 세 개의 경로만을 사용할 수 있다고 했는데—어길 시에는 100㎞ 이상의 거리에 검을 가져다 놓는다고 한다—그 세 개의 경로 모두 굉장히 험준해 보였다. 계곡의 틈 속으로 깊숙이 내려갈 때도 있고, 언덕이라 치기에는 굉장히 높은 그런 작은 산의 능선을 타고 가야 할 때도 있었다.

'그러니까 내가 안 가지.'

단순히 10㎞이지만 실제로는 50㎞가량 걷는 것처럼 힘들 것이다.

올라갔다 내려와야 하니 실제의 거리도 10㎞ 이상이겠고.

"흐음, 근데 왜 안 오지? 뱁새눈!"

"왜!"

"어? 말이 짧다?"

분해 죽겠다는 얼굴의 뱁새눈. 화를 삭이며 다시 입을 연
다.

"네!"

"허어, 말에 가시가 박혀 있어. 너, 나무에 매달리는 게 편
할 것 같아?"

"네……."

황급히 비굴 모드로 알아서 기는 뱁새눈을 보며 권력이 얼
마나 좋은 것인지 새삼 깨달았다. 집으로 돌아가면 이 부분에
대해서 많은 생각을 하기로 한 후 지시를 내렸다.

"애들 몇 명 데리고 정찰을 나가 봐. 어느 경로로 돌아올지
모르니까 3개의 경로로 다 마중 나가. 설마 3개의 조로 나누
는 걸 못하지는 않겠지?"

"……."

입술이 실룩거리지만, 뱁새눈은 아무 말도 하지 않고 미친
듯이 달려나갔다. 그는 그에게 맡겨진 6개의 조를 데리고 깐
깐안경이 갔던 길로 향했다. 그리고 200m 거리에 있는 3갈래
길에서 3개의 조로 나뉘어 흩어졌다.

'편하군.'

아버지가 왜 사서 검사 직을 맡았는지 알 수 있었다. 블랙 나이츠야 우리 가문의 기사단이라고 해도 황실에서 꼬박꼬박 서류 작업도 하고, 이런저런 형식적 모임에 참석하는 것도 모두가 이런 권력을 위해서가 아닐까라는 생각을 하게 되었다.

'6시간.'

6개의 조와 함께 움직였다지만, 대충 지금쯤 돌아왔어야 할 간간안경.

아버지가 내려준 임무에 체력 단련 이상의 것이 숨겨져 있을 거라는 불길한 생각을 지울 수가 없었다.

4

'짜증나! 보내는 족족 안 돌아와!'

뱁새눈을 보내고 나서 3시간이 흘렀지만 여전히 그는 돌아오지 않았다. 9시에 시작된 검 회수 임무는 벌써 아무런 진전도 없이 9시간이 지나 버렸다.

6시.

저녁이 다가오는 시간.

여름이어서 날도 더운데, 일이 내가 원하는 대로 풀리지 않자 굉장히 짜증났다. 짜증이 나면 그 어떤 작은 일에도 크게 화를 내는, 그런 불쾌한 상태가 지속되는데…….

"이 자식들, 나 골리려고 어디 가서 쉬고 있는 거 아니야?"

이 임무에 기한은 없었다. 다만 하루 만에, 아니, 많아도 5시간 만에 끝내 버리려고 했던 계획에서 점점 멀어지자 어지간히도 짜증이 났다.

"아, 이 땀 봐."

결국에는 나 역시 나설 수밖에 없었다. 300여 명이 무려 180여 명으로 줄어든 가운데, 그들을 통솔하여 세 갈림길 앞에 섰다.

"……."

180여 명을 이끌고 여기까지 오면서 느낀 게 하나 있었다. 길이 어지간히도 좁은 데다, 중간에 이탈하는 자들도 적잖았다.

무엇보다 제멋대로 걸어오다 보니 수를 가늠하기도 힘들었고, 보기에도 눈이 아팠다. 블랙 나이츠처럼 발을 맞춰 걷는 게 아니었으니…….

"이제 어떻게 하지?"

착한몸매, 넓적얼굴, 주먹코를 번갈아가면서 쳐다봤다.

넓적얼굴이랑 주먹코는 멀뚱히 서서 어색한 눈빛으로 나를 마주 볼 뿐이었고, 착한몸매는 팔짱을 낀 채 무엇인가를 골똘히 생각하고 있었다.

"그런데 또 조를 나눠 세 길 모두 가는 것보다 다 같이 가는 게 낫지 않겠어요? 또 나눠봤자 어떻게 될지 이미 알잖아요."

넓적얼굴이랑 주먹코는 그녀가 무슨 말을 하는지 전혀 못 알아듣는 가운데, 나는 묵묵히 고개를 끄덕였다. 여기서 또 나누느니 차라리 다 함께 가는 게 나았다. 게다 각각의 길로 간 모두가 못 돌아온 걸 보면, 그 어떤 길에도 위험이 도사리고 있는 게 틀림없었다.

"그러면 다시 진군한다!"

지금 진군이라는 단어를 쓰는 게 맞는지 확실하지는 않았지만, 모두가 알아듣고 어슬렁어슬렁 가운뎃길을 향해 가고 있었다.

그렇게 넓지도 않은 길을 가득 메워 한 치 앞도 안 보인다.

"⋯⋯."

이건 아니다.

"야! 다 멈춰!"

크게 외쳐도 가까이에 있는 사람만 듣고는 멈출 뿐이다. 다시 한 번 외쳐서 조금씩 더 많은 사람들이 멈추게 했다. 어느 정도 멈추자 나머지도 눈치를 채고는 다시 내 쪽을 향해 다가왔다.

체계가 있어야 하는데, 그것이 하나도 없자 이렇게 골치가 아픈 것이었다.

"지금부터는 발동작과 줄을 맞춰서 간다. 각 조는 일 열로 서서 앞 사람을 따라가. 3개 조씩 묶어서 가는 거야. 3개 조 뒤에 3개 조, 그리고 그 뒤에 3개 조. 그런 식으로 줄을 이룬다. 알았어?"

이번에도 앞 사람만 알아듣는다.

가만히 앉아서 생각을 조금 더 했다.

"자, 그리고 내가 말하면 그 즉시 앞 사람은 뒤로 내 말을 전달해. 전달받으면 가장 끝 사람까지 그 말이 전해질 수 있도록 계속 전달하고. 알았어?"

이번에는 내 말이 빠르게 전해져 금세 모두가 고개를 끄덕였다.

"자아, 그러면 이번에는 천천히, 줄과 발을 맞춰서 가는 거다."

조금의 시간이 지난 후 모두가 고개를 끄덕였다.

"진군!"

차악.

천천히 걷기로 마음먹어서일까? 아니면 뻣뻣대마왕에 의해 기초 수련을 잘 받아서일까? 모두가 어느 정도 대열도 유지하고, 발도 잘 맞춰 걷고 있었다.

이제야 어느 정도 가상의 군대 같은 기분이 났다.

우리는 얇고 긴 계곡의 길을 따라 점점 더욱 깊은 곳을 향해 걸었다. 어떤 곳은 오르막, 어떤 곳은 내리막, 어떤 곳은 모래사장, 어떤 곳은 자갈밭.

참으로 가지각색의 땅을 밟으며 우리는 천천히 앞으로 나아갔다.

혼자서 가면 훨씬 빠르겠지만, 우리에게 그런 여유는 없었다.

그때였다.

"크아악!"

"꺄아아!"

선두 그룹에서 몇몇의 비명이 들려왔다. 나는 가장 뒤에서 가고 있었기 때문에 그 상황을 조금도 볼 수가 없었다.

나는 황급히 무리를 뚫고 선두의 쪽으로 달려갔다.

"모두 도망치지 말고 대열을 유지해! 공격을 받는 선두 쪽만 뒤로 와!"

크게 외쳤지만 모두가 당황하고 있어서인지 발소리와 말소리에 섞여 그 누구도 내 말을 듣지 못했다. 내 귀에도 잘 안들리니 할 말 다한 것이다.

"……!"

선두 그룹에 도착했을 때였다.

나는 내 눈을 믿을 수가 없었다.

선두 그룹은 한 명에게 공격을 당하고 있었다. 누군가가 요하네스에 침입한 것도 아니고, 익숙한 선배에 의한 것도 아니었다.

"블랙 나이츠?"

그의 갑옷은 블랙 나이츠의 것이었다. 악마의 형상을 본뜬 투구를 쓰고 있어 누구인지는 알 수 없었지만, 분명 블랙 나이츠 중 한 명이었다.

"왜 공격하는 거지?"

자세히 살펴보니 블랙 나이츠는 하나의 동굴을 가리고 있었다. 그리고 그 안에는 돌돌 묶여 있는 여러 명의 2단계 학생이 있었다. 처음에 보냈던 깐깐안경도 보였다.

"…쟤는 또 뭐 하고 있는 거야?"

딱!

미처 생각을 마치기도 전에 블랙 나이츠의 검을 맞고 쓰러진 학생을 그가 동굴 안으로 집어 던졌다. 블랙 나이츠의 검은 진검이 아니었다. 뭉툭한 목검으로 때리고 있었던 것이다.

"……."

난 그 모습을 가만히 지켜보고 있었다. 겨우 한 명이 지금

180여 명의 학생들을 가로막고 있었다. 그것도 목검 하나로. 분명 생체 에너지고 뭐고, 그런 건 사용하지 못할 테고, 사람을 죽여서는 더욱더 안 될 것이다.

"……!"

그렇다면 답은 간단하다.

"야, 돌격! 전부 공격이다!"

"……."

놈들은 날 멀뚱히 쳐다봤다.

아무도 달려나가지 않았다.

"……."

이번에는 내가 그들을 멀뚱히 바라봤다.

"야! 내가 명령을 내리면 너희는 들을 수밖에 없어. 공격! 적은 겨우 하나다!"

그제야 가장 앞에서 내 말을 들은 20여 명의 학생들이 달려나갔다. 물론 뒤늦게 말을 전해 들은 나머지 학생들도 뛰어들었다.

나는 조금 뒤에 물러서서 상황이 어떻게 진행되는지 지켜봤다.

180여 명에게 포위당한 블랙 나이츠.

이제 놈이 잡히는 건 시간문제… 라고 생각했건만,

팍!

픽!

탁!

필요할 때는 옆의 절벽을 타고 올라가기도 하고, 높이 뛰어
오르기도 해서 잘만 피해내다가 틈이 생겼다 싶으면 팍! 하고
는 검을 휘둘러 가차없이 학생의 머리를 가격해 기절시킨다

팍!

한 명.

픽!

두 명.

탁!

세 명.

가랑비에 옷 젖는 줄 모른다는 말이 있듯, 이런 식으로 계
속해서 많지는 않지만 점점 눈에 띄게 부상자의 수가 늘어만
갔다.

순식간에 60여 명이 쓰러졌을 때였다.

모두가 부들부들 떨고 있다는 걸 알 수 있었다. 일단 가만
히 지켜보고 있는 내가 그럴진대 직접 싸우는 놈들은 어떨까?

제대로 된 방어조차 못하고 얻어맞는 놈들을 보니 확연히
알 수 있었다.

"후퇴! 당장 후퇴!"

하지만 이번에도 내 말을 바로 알아들은 사람은 몇 없었다.

호들갑을 떨며 이리저리 도망가는 발소리에 내 목소리가 묻힐 수밖에 없었다. 몇 명에게 지시해 후퇴를 전하라고 하고 나서야 조금 더 많은 수가 뒤로 도망을 왔다.

우리는 불이 났다 싶을 정도로 전력 질주를 하지는 않았지만, 그래도 어느 정도 블랙 나이츠에게서 멀어졌다. 뒤늦게 도망치기 시작한 몇몇은 블랙 나이츠에게 붙잡혀 동굴에서 돌돌 묶여지고 있었다.

'여기까지 쫓아오려나?'

약 100m의 거리를 두었다. 달리면 단숨에 도착할 수 있는 거리.

하지만 블랙 나이츠는 더 이상 쫓아오지 않았다.

'일종의 선이 있나 보군.'

넘어올 수 없는 선.

"여기서 쉬자."

주먹코, 넓적얼굴, 착한몸매에게 전해진 말은 그들에게서 조장으로 조장에서 조원들에게 전해져 모두가 일제히 바닥에 앉았다.

나는 그 모습을 보면서 그보다 조금 더 빠른 전언 방법이 필요하다는 생각을 했다.

모두가 단번에 알 수 있는.

"호루라기 있는 사람!"

역시나 가장 쉬운 방법은 호루라기로 약속을 만드는 것이었다. 다행히도 한 명이 호루라기를 가지고 있었고, 나는 그것을 받아 한 번은 진군, 두 번은 정지, 세 번은 후퇴라는 것을 알려주었다.

"이제 어떻게 할 건가요?"

남은 100여 명의 인원을 쭉 둘러보며 착한몸매가 한숨을 푹 내쉬었다.

저절로 한숨이 나온다.

블랙 나이츠가 최정예 기사단이라는 사실은 잘 알고 있었지만, 동시에 달려드는 요하네스의 2단계 학생들을 이렇게 손쉽게 다루다니.

멀리 동굴 안을 보니 그 안에는 더 이상 학생을 채울 자리도 없어 보였다.

나는 착한몸매, 넓적얼굴, 주먹코를 둘러봤다.

"너희는 어떻게 했으면 좋겠냐? 돌아갈까?"

여전히 넓적얼굴과 주먹코는 아무것도 이해가 안 간다는 얼굴로 서로를 번갈아가며 쳐다보고 있었고, 착한몸매만이 시니컬한 대답을 했다.

"돌아간다 해도 어차피 다른 길목도 똑같이 저놈들이 막고 있을 거 아닙니까?"

"……"

확실히 그녀의 말이 맞을 것이다.

안 그렇다면 다른 쪽으로 왔던 이들도 돌아왔어야 했다.

"그럼 어떻게 하지?"

"……."

"……."

그렇게 말을 잘하던 착한몸매도 입을 다물 수밖에 없었고, 넓적얼굴과 주먹코에게서 어떤 의견을 바란다는 것 자체가 무리였다.

털썩.

나는 일단 주저앉았다.

가파른 절벽으로 둘러싸인 듯한 기분이 드는 계곡의 깊숙한 곳.

가슴이 답답했다.

앞으로 나아갈 수도 없고, 딱히 뒤로 가봤자 할 것도 없었다.

"……."

대책이 없었다.

블랙 나이츠만이 우리를 가만히 노려보고 있는 가운데 열심히 머리를 굴렸다.

분명 저 블랙 나이츠를 뚫고 가는 방법이 있을 것이다. 분명 우리의 실력으로 저 블랙 나이츠를 물리칠 수 있는 방법이 있을 것이다.

없으면 이런 임무를 줬을 리가 없었다.

'대인원이 필요하다는 건 어떤 전략이 필요하다는 건데…….'

애초에 의심을 했어야 했다.

너무도 쉬워 보이는 인원에 많은 사람들을 파견한다?

"……."

너무 임무를 곧이곧대로 본 내가 바보 같았다.

"야, 아직도 아무 생각 안 나?"

이미 넓적얼굴과 주먹코는 포기한 터라 착한몸매에게 물어봤다.

하지만 그녀도 나처럼 아무런 생각이 안 나는지 멍하니 앉아만 있었다.

"……."

우리는 아무것도 하지 못하고 그저 앉아만 있었다.

100여 명 모두가.

5

저녁 시간이 되자 불만을 가지는 사람들이 생겨나기 시작했다. 원래도 있었겠지만 여지껏 그것을 바깥으로 꺼내는 사람은 없었다.

가상이기는 해도 검사의 이름이 주는 무게를 모두가 알기 때문이다. 특히 우리 아버지가 그렇게 지시를 했으니, 그것에 무게를 두는 사람이 꽤나 많았다.

하지만 점심도 굶은 배고픔과 2시간 동안 아무것도 하지 못하는 상황에서 오는 짜증이 적절하게 융합하여 일으키는 '분노' 는 생각보다 컸다.

처음에는 '아, 이게 뭐야! 밥도 안 줘?' 에서, '뭐야, 저거 검사 맞아? 뭔가 하기라도 해야 될 거 아니야, 왜 저렇게 무능력해?' 에서 결국에는 '검사를 바꿔?', '그냥 포기하고 돌아가?' 라고 쑥덕이더니 모두가 요상한 눈빛으로 나를 노려보고 있었다.

분위기가 흉흉해지고 있는 걸 알면서도 나는 그 어떤 조치도 취할 수가 없었다.

내가 이렇게 무능력하게 느껴진 적이 없었다. 사람을 이끄는 카리스마나 리더쉽이 내겐 조금도 없었다. 귀족이니 저절로 생기는 게 아닌가 싶기도 했는데, 이런 상황에 처해보니 이렇게 내 자신이 한심할 수가 없었다.

"젠장!"

뭔가 있을 것 같은데, 그게 뭔지 알 수가 없었다.

블랙 나이츠를 노려보고는 그 주위를 둘러봤다. 그 주위를 돌아가는 방법은 없는지 살폈다. 하지만 지도에도 없듯 옆으로 빠지는 샛길은 물론이고 그런 게 있을 틈조차 없었다.

아니, 굳이 하나 찾자면…….

'저 절벽 위를 올라가?'

하지만 너무도 가파라 반쯤 올라가다 뒤로 넘어질 확률이 훨씬 높았다.

"……."

그때였다. 지금까지 왜 못 봤을까 궁금할 정도로 요상하게 생긴 게 눈에 띄었다.

거대한 바윗덩어리들이 담긴 그물이 절벽에 묶여 있었다. 그물의 한 부분을 끊으면 바위들이 떨어질 게 분명했다.

"……."

그리고 그 바위가 떨어지면 분명 블랙 나이츠의 위로 떨어질 테고.

"주먹코."

나는 가장 날랜 주먹코를 불러 계획을 알려주었다. 그는 묵묵히 고개를 끄덕이고는 그물을 가만히 올려다봤다. 곧 '흐음!' 기합 소리를 내더니 마치 거미처럼 절벽을 타고 올라갔다.

성큼성큼 절벽을 타고 올라 블랙 나이츠의 쪽까지 날아가듯 하는데, 그의 얼굴이 아니었으면 꽤 멋지다고 외칠 뻔했다.

주먹코는 너무도 쉽게 그물 위쪽을 검으로 끊었다.

우르르르.

콰과과과!

"……."

바윗덩어리들은 그렇게 너무도 쉽게 떨어졌다. 그리고 블랙 나이츠는…….

"잉?"

너무도 쉽게 그것들을 피해냈다. 그냥 한참 뒤로 물러선 것뿐이었다.

'역시 이렇게 쉬울 리가 없어!'

그렇게 생각을 하며 털썩 주저앉는데, 착한몸매가 어깨를 흔들었다.

"검사님, 블랙 나이츠가 물러났어요."

"정말?!"

나는 깜짝 놀라 자리에서 벌떡 일어났다.

말 그대로 블랙 나이츠가 점점 멀어져 가고 있었다. 아마도 다른 블랙 나이츠들도 이런 식으로 물러가게 할 수 있는 모양이었다.

'그래, 맞아. 우리가 어떻게 블랙 나이츠를 때려잡을 수 있겠어.'

그렇게 생각을 하자 저절로 미소가 지어졌다.

이런 식이라면 굉장히 쉽게 임무를 마칠 수 있을 것이다.

나는 빙긋 웃으며 착한몸매에게 지시를 내렸다.

"그럼 이제 동굴에 갇힌 놈들을 풀어줘. 이제 검을 찾으러 가야지."

착한몸매는 내가 지시를 내렸음에도 불구하고 가만히 서 있었다.

"……?"

뭔가 이상한 낌새를 챈 나는 그녀가 멍하니 바라보고 있는 곳으로 눈을 돌렸다.

"……."

동굴 입구는 방금 떨어져 내린 바위들에 의해 꽉 막혀 있었다. 그뿐만 아니라 떨어진 많은 바위가 길을 완전히 막아버렸다. 그 정도야 넘어갈 수 있겠지만, 안타깝게도 그 바위를 모두 치워내기에는 무리가 있었다.

나랑 착한몸매는 서로 멍하니 마주 봤다.

"두고 갈까?"

"……."

6

결국 임무는 실패했다. 애초에 단합? 어쨌든 그런 게 잘 안 되었지만, 무엇보다도 이 길 앞에서 블랙 나이츠에게 기습을 받고 당황을 해서 나는 50여 명을 잃을 때까지도 그 위에 그물의 바위들이 있다는 걸 발견하지 못했다.

당황하지만 않았어도, 기습만 아니었어도 쉽게 처리할 수 있었는데 말이다.

그 이후 또 하나의 블랙 나이츠가 하늘에서 뚝 떨어져 내려 완전히 당황해서 25명을 잃을 때까지도 그 위에 그물의 바위가 또 있다는 걸 발견하지 못했다.

그래도 점점 반응하는 속도가 빨라지고 있다는 사실에 위안을 삼… 고 싶었지만, 이후에 검을 지키는 블랙 나이츠 2명에게 24명을 더 잃어 결국 나 혼자만이 남았다.

그리고 블랙 나이츠들은 나를 나무에 돌돌 묶어 허공에 매달아놓아 임무는 끝날 수밖에 없었다.

거꾸로 된 세상을 음미하는데, 그때 거꾸로 서 있는 아버지가 다가왔다.

"……."

그리고 내 꼴을 보고는 돌아가셨다.

아무런 말도 없었다.

'이렇게 지도를 하는 입장은 어렵다.'

'네가 배울 건 정말 굉장히 많다.'

'변태 귀족에게 팔려가고 싶나?'

'한심하다.'

'요하네스 2번 졸업해라' 처럼 하고 싶은 말이 많았겠지만, 아버지는 아무 말도 하지 않고 다시 요하네스로 돌아가셨다.

"……."

아버지가 내게 실망을 하셨을지도 모른다는 생각에 가슴이 아프… 기보다는…….

"나 왜 안 풀어주지?"

그 다음날 새벽이 올 때까지 나를 풀어주지 않은 아버지를 욕했다.

'요하네스에 그렇게 억지로 집어넣더니, 이번에는 아들이 묶여 있는 걸 보고도 그냥 가?'

"……."

한편으로는 아버지는 항상 이런 생활을 하시지 않을까 생각해 보기도 했다.

그는 검사이다.

야수 토벌대나 북부 야만족 토벌대가 편성될 때의 지휘를 아버지가 맡으셨다. 블랙 나이츠뿐만 아니라 다른 기사단의 지휘도 총괄했을 아버지.

십인십색인 그들을 하나로 이끌어 목표를 달성하는 게 얼마나 어려웠을까?

물론 아버지는 최단 시간 안에 그 모든 문제들을 해결하셨고, 집에서도 싫은 소리 한 번 안 하셨다. 검사라는 게 얼마나 무거운 직책인지 새삼 실감되었다.

책임.

나는 겨우 300명을 맡았다.

하지만 아버지의 경우는 만대의 목숨을 손에 움켜쥐고 있을 것이다.

뿐만 아니라 토벌이 실패하면 그 피해가 어디까지 미칠지는 아무도 알 수 없는 것.

아버지가 얼마나 대단한 사람인지 조금은 깨닫게 되었다.

책임.

과연 나는 남을 책임질 수 있는 그런 그릇일까?

"......"

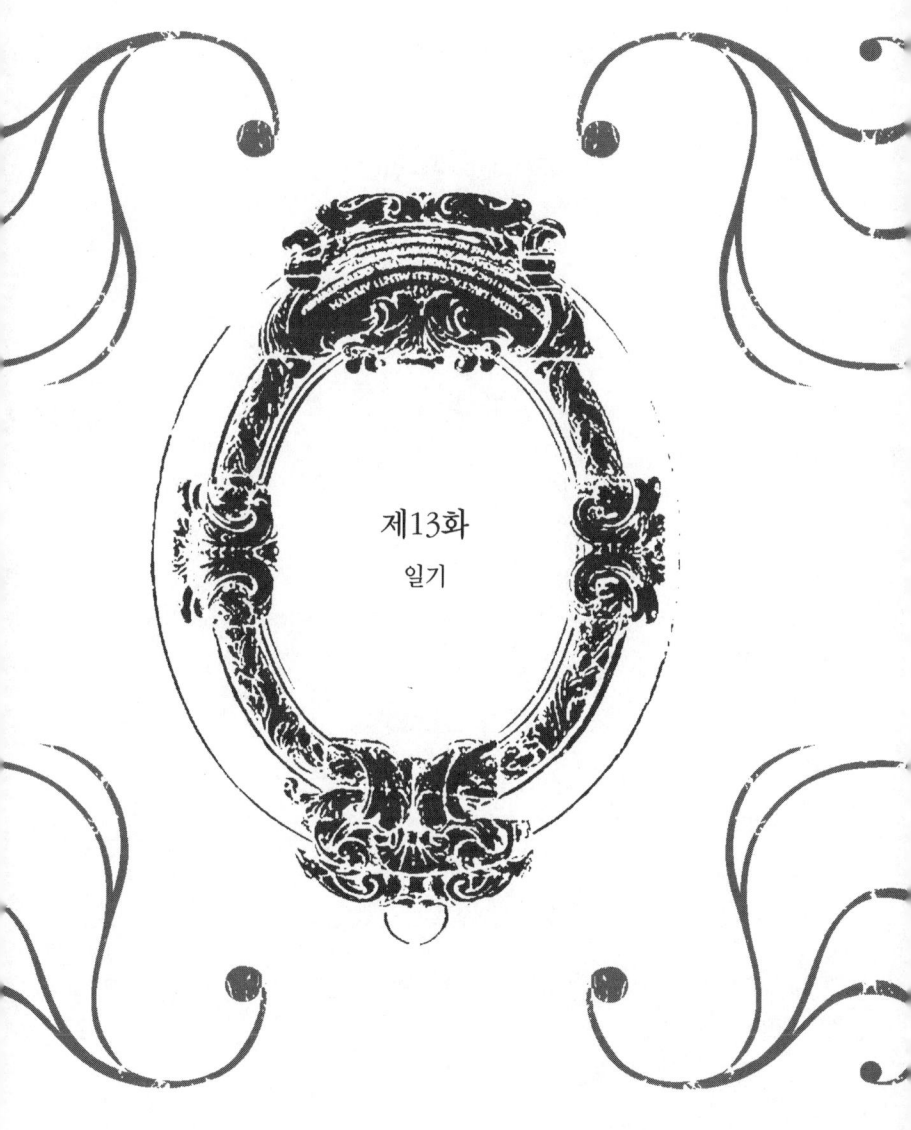

제13화

일기

요하네스는 끝마치지 않았다. 아버지도 내 10년을 모두 요
하네스에서 보내게 하실 생각이 아니었다. 내가 철이 들 수
있도록 적절한 환경을 찾아주신 것뿐이었다.

2

검술의 나머지는 아버지에게 직접 가르침받았다. 요하네
스의 검술보다는 우리 가문의 것이 훨씬 고급이며 위력도 뛰
어났다. 준비가 된 상태라서인지는 몰라도, 내 검술은 굉장히

빨리 늘었다.

3

얼마나 빨리 늘었냐면, 27살에 검사 시험에 통과하여 최연소 검사가 되었다. 역시 괴짜노처녀는 아무것도 아니었다.

4

나는 30살에 기사단을 창단했다. 환상얼굴을 부기사단장으로 두고, 마빡대표, 흉터괴물, 착한몸매, 넓적얼굴, 깐깐안경, 주먹코… 그래, 그리고 뱁새눈도 시켜주었다. 9명으로 이루어진 소규모 기사단. 이름하여 크리스탈 나이트.

5

크리스탈 나이트는 6년 만에 최고의 기사단으로 자리 잡았다. 화이트 나이트나 블랙 나이츠가 여전히 기사단의 두 기둥이기는 했지만, 크리스탈 나이트는 뱁새눈을 마지막으로 모두가 검사 시험에 통과했다. 사상 초유의 극강 기사단이었다.

6

아마도 그때쯤 결혼을 했다. 얼굴이 예쁘냐, 머리가 똑똑하냐, 몸매가 좋으냐에서 꽤 방황을 하기는 했다. 하지만 역시 가장 좋아하는 사람은 정해져 있었다. 물론 친구들이 놀리면 나는 단호하게 말한다. '얼굴이 예뻐서 결혼한 게 아니라 마음이 예뻐서 결혼한 거다'라고.

속마음만 안 들키면 되는 거다.

7

몇 년이 더 지나자 괴짜노처녀가 블랙 나이츠를 맡고 아버지가 은퇴하셨다. 예전에는 잘 몰랐는데, 아버지의 주름살이 더 많아졌고, 흰머리도 많아졌다. 그리고 감정이 없으신 줄 알았는데, 지금은 그 누구보다도 가족을 생각하는 분이라는 걸 희미하게 알 수 있을 것만 같았다.

8

내 나이 40. 나에게는 일남일녀의 자식이 있다. 장녀는 꼭 제 엄마를 닮아 천사같이 아름다웠고, 어째 막내는 이것저것을 많이 귀찮아했다. 그리고 내 친구들에게 꼭 하는 말이 '평민 주제에'. 친구들은 기분을 나빠하기보다는 오히려 '누군가' 가 떠오른다면서 폭소를 터뜨렸다.

누굴 닮았어?

이거 아내가 바람핀 건가?

9

오십 줄에 들어서자 막내아들 놈이 20살이 다 되었다. 어렸을 때의 나를 꼭 닮아 잘생겼는데, 도대체 개념은 어디다가 팔아먹었는지 평생 놀고먹고 자려고 한다.

나는 놈을 냉큼 요하네스에 지원시켜 버렸다.

그나저나 뻣뻣대마왕은 아직 살아 있으려나 모르겠네?

10

"이런, 개! 미친! 썅! 뒤질래! 헐! 신님! 싸우자!"

내가 뻣뻣대마왕을 다시 만났을 때 했던 말을 정확하게 옮겼다.

뻣뻣대마왕은 내가 처음 봤을 때 그때의 모습을 그대로 하고 있었다.

발레키도.

조금도 늙지 않았다.

삣삣대마왕에게 아들 놈의 노예 문서—난 아버지에게서 많은 것을 배웠다—를 건네주면서도 놈의 얼굴을 뜯어보려고까지 했다.

11

며칠 후에 삣삣대마왕이 삣삣대마왕이 아니고 발레키가 발레키가 아니라는 걸 알게 되었다. 삣삣대마왕이 삣삣대마왕 2세이고, 발레키가 발레키 2세라고 했다. 내가 결혼하기 10여 년 전에 이미 결혼을 해서 둘이 사이좋게 아이를 낳은 것이다.

물론 둘이 결혼한 게 아니라, 동안공주랑 또 다른 누군가랑 결혼했다고 하더라.

다시 만나본 원조 삣삣대마왕이랑 발레키는 폭삭 늙었다.

아~ 기뻐라.

12

나는 개념을 다시 키운 아들 놈을 요하네스에서 데려오면서 생각했다.

우리 가족은 계속 이런 역사를 반복하는 건 아니겠지?

終

작가의 말

　요하네스는 제가 쓰면서 가장 좋았던 작품이기도 하면서 처음으로 5권 완결을 해본 작품이기도 합니다. 조금 더 실력을 쌓고 시작했으면 더 좋은 결과가 있지 않았을까 아쉽기도 합니다.

　8월입니다.

　벌써 한 해의 하반기에 접어들어 갑니다.

　올해에 이루고자 하신 일들을 못하셨다면 아직 늦지 않으셨으니 꼭 하시고, 12월에 한 해를 돌아보면서 만족해하셨으면 좋겠습니다.

　다음에는 보다 좋은 작품으로 만나뵙기를…… 간절히, 아주 간절히 무릎 꿇고 빕니다.

　그럼 요하네스의 막을 내립니다.

　언제나 건강하시고 좋은 일들만 있기를 바라며.

지천우 올림.

이상혁 판타지 장편 소설

FANTASY FRONTIER SPIRIT

이상혁 판타지 장편 소설

①

Hymn to the Angel

천사를 위한 노래

**"라휄, 사랑해. 너는 나야. 그리고 나는 너이고. 그렇지만…
아니 그래서야. 너와 나,
그리고 우리들 천 명의 아이들을 위해 죽어줘."**

지하세계에 들어간 천 명의 아이들,
살아남은 것은 겁쟁이 파드셀과 라휄뿐.

네 자루 검을 찬 전투노예 라휄!
세상이 어떠한지, 노예가 무엇인지도 모르는 순진한 소년.
그가 펼쳐내는 광속의 검술에 압도당한다!

ORC
wizard

ORC 마법사

정민철 판타지 장편 소설
FANTASY FRONTIER SPIRIT

사상 최강의 오크마법사가 되어라!
과거의 영광이 깃든 오크학파의 마법사,
그들을 일컬어 오크마법사라 칭한다!

기사의 재능도 마법사의 재능도 없었던 아론
그에게 20년 만에 찾아든 마나로 인해
30살 늦은 나이에 드레이얼 마법 아카데미에 입학하다!
그리고 그곳에서 네크로맨서 계열 오크학파의 계승자가 되고 마는데…

위대하고 영광된 오크마법사의 위명을 되살리기 위한
그만의 독특한 학과 살리기 프로젝트는 시작되었다!!

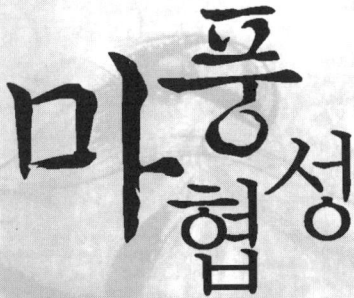

입소문을 통해 아는 분은 다 알고 계십니다!
올 한해 공인중개사 최고의 화제작!

1~2권 합본 | 이용훈 지음
3~4권 합본 | 이용훈 지음
5~6권 합본 | 이용훈 지음
용어 해설 | 이용훈 지음

수험생 기본 필독서
만화 공인중개사

제목 : 만화공인중개사 쓰신 분에게 감사드립니다.

학원을 두 달 다녔어요. 근데 과연 그 숫자 외우기 그런 게 몇 문제나 나올까 생각을 했어요.
아니라는 생각이 드네요. 학원강의를 뒤로하고 서점을 갔어요. 내 머리에 가장 이해될 수 있는
책이 없나 하구요. 거기서 만화를 발견했어요. 무조건 세 번 봤어요. 3개월 걸렸어요. 문제집을 보라고
했는데 그건 시행을 못했어요. 근데 합격을 했네요.
어떻게 감사의 말을 해야 될지…….
도서관에서 만화책 들고 다니니까 사람들이 비웃더라구요. 만화책으로 공인중개사를 공부한다고
미친 사람처럼 보더라구요. 근데 그거 다 감수하고 했던 내가 자랑스럽습니다.
어떻게 감사의 말을 해야 할지… 정말 감사합니다.
부디 행복하세요. 제 나이 41살에 좋은 스승을 만난 것 같습니다.
엎드려 감사드립니다.

-본사 홈페이지에 독자분이 올린 메일 中 에서 발췌-